Lebens-Szenen

Karin Dohmen

Lebens-Szenen

Schulzeit 1939-1951

Bibliografische Information der Deutschen Nationalbibliothek
Die Deutsche Nationalbibliothek verzeichnet diese Publikation in der
Deutschen Nationalbibliografie; detaillierte bibliografische Daten sind im
Internet über http://dnb.d-nb.de abrufbar.

© 2011 **Karin Dohmen**
Satz, Umschlaggestaltung, Herstellung und Verlag:
Books on Demand GmbH, Norderstedt
ISBN 978-3-8448-5485-5

Inhalt

Beginn des zweiten Weltkriegs

Es war an einem Freitag. Der Himmel wurde von grauen Haufenwolken überwandert. Durch einige spärliche Wolkenlücken bahnte sich um die Mittagszeit etwas Sonnenlicht. Altersgedunkelte Häuserfassaden aus der früheren mittelalterlichen Reichsstadt Mühlhausen in Thüringen passten zu der wehmütig anmutenden Himmelsbelichtung.

Auf dem großen Platz in der Ortsmitte war nicht wie sonst ein eifriges Getriebe, sondern kleine Gruppen angeregt diskutierender Bürger/innen hatten sich zusammengefunden, die z. T. aufgeregt gestikulierten. An diesem Tag war es zu beklemmenden Ereignissen gekommen, die die meisten Menschen in Unruhe versetzten: Es war der 1. September 1939. Hitler hatte an diesem Tag den zweiten Weltkrieg angezettelt.

Ein Pulk fröhlich lärmender Erstklässler, erkennbar an den seitlich von ihren Ranzen herabhängenden, an Bindfäden befestigten Schwämmen, rannte plötzlich über den Platz. In damaliger Zeit war es nämlich üblich, auf schwarzen in Holzrahmen gefassten Schiefertafeln mit Griffeln die ersten Buchstaben, Zahlen und dann auch Sätze und Rechenaufgaben zu schreiben. Mit den nassen Schwämmchen konnte Geschriebenes schnell wieder ausgelöscht werden. Die nassen Schwämmchen mussten immer außerhalb der Ranzen bleiben.
Mit den lärmenden Kindern raste ich auch über den Platz und dann noch über eine am Platz vorbeiführende Straße. Damals fuhr dort selten ein Auto, man konnte schnell auf die andere Straßenseite gelangen – zu unserem Wohnhaus.
Vor der Haustür standen an diesem Tag Mutter und Großmutter. Beide hatten Tränen in den Augen. Ich muss sie wohl sehr

erstaunt angesehen haben, denn sie erklärten mir, ohne dass ich eine Frage gestellt hatte, dass ein Krieg ausgebrochen sei, in dem viele Menschen ihr Leben verlieren würden.

Das Wort »Krieg« schwirrte durch meinen Kopf. Über Krieg wusste ich nur, dass einer meiner Großväter in einem Krieg gewesen war. Er hatte ein eisernes Kreuz bekommen, weil er bei einer Patrouille mit wenigen Kameraden feindliche russische Soldaten besiegt hatte. Dass besiegt haben auch töten bedeuten kann, war mir damals nicht in den Sinn gekommen. Das Wort Krieg verblasste wieder, weil sich zunächst an den Tagesabläufen nichts änderte.

Schulzeit in Mühlhausen

Weiterhin ging ich jeden Tag fröhlich mit meiner Freundin Dorla zur Schule. Wenn ich sie morgens abholte, besaß ihr Mund immer ein mohrrübenfarbenes Umfeld, weil sie zum Frühstück ein Glas frisch gepressten Mohrrübensaft trinken musste, der ihr überhaupt nicht schmeckte. Dorla bekam stets zwei Doppelschnitten aus schwarzem Brot, die immer mit Käse belegt waren, für die große Pause mit. Das schwarze Brot behagte ihr auch nicht. Auf unserem Schulweg gingen wir kurz vor dem Schulgebäude auf einer Holzbrücke über einen Bach. Und auf unserem Rückweg warf Dorla dann ihr übrig gebliebenes Schwarzbrot auf der einen Seite der Brücke ins Wasser. Dann rannten wir auf die andere Seite und Dorla freute sich riesig, wenn es vom Wasser getragen an uns vorbei schwamm und nicht etwa irgendwo am Bachufer hängen blieb. Sie bekam nämlich immer großen Ärger, wenn sie Schulbrot nach Hause zurück brachte. Brot einfach nur wegwerfen genügte

Dorla nicht, sie musste wahrnehmen, dass es unauffindbar sein würde, erst dann hatte sie anscheinend Ruhe.

Dorla und ich gingen in eine Mädchenklasse, wir saßen auch nebeneinander. Unser Klassenlehrer war nicht mehr ganz jung. Er hieß Herr Schulze, unterrichtete alle Fächer und war sehr streng. Jeden Tag sahen wir also nur den Herrn Schulze.

Damals wurden benachteiligte Kinder, die aus ärmlichen Verhältnissen stammten, an der Kleidung erkannt. Einige von ihnen kamen auch noch mit ungekämmten verfilzten Haaren zur Schule und rochen ungewaschen. Waschmaschinen gab es damals noch nicht. Viele dieser Kinder stammten auch noch aus kinderreichen Familien, daher erbten sie von älteren Geschwistern deren bereits abgetragene Bekleidung. Die Röcke waren meist zu lang, sie wurden nur beim Wachstum kürzer. Benachteiligte Kinder erkannten sich schon bei der Einschulung und setzten sich sofort zusammen. Eines dieser Mädchen starb wenige Wochen nach dem Schulbeginn an Diphtherie. Wir waren sehr traurig und sammelten Geld für einen Kranz.

Ein anderes Mädchen ist mir in Erinnerung geblieben. Ihre Röcke reichten bis fast auf den Fußboden. Sie wohnte in einem heruntergekommenen Häuschen, an dem Dorla und ich auf unserem Schulweg vorbeikamen. Die Eingangstür stand immer weit offen, denn im dunklen Hausflur betrieb die Mutter einen ärmlichen Obst- und Gemüsehandel. Morgens war immer die Großmutter im Hausflur, denn ihre Tochter zog schon ihre zweirädrige Holzkarre mit Stützfuß durch die alten Sträßchen der Umgebung. Mit einer Bimmel machte sie auf sich aufmerksam und rief ihre Waren aus. Auf ihrem Gefährt hatte sie vor allem Kartoffeln, Kohlköpfe, Mohrrüben, Sellerie, Kohlrüben, Bananen und Äpfel. Dieser schmächtigen Frau begegneten wir fast jeden Morgen auf ihrem Weg durch das Altstadtviertel. Das Einkommen für die große Familie muss wohl sehr kümmerlich gewesen sein.

Diesem armen Mädchen passierte dann ein Missgeschick während der Deutschstunde. Dorla und ich saßen nicht in ihrer Nähe und wussten zuerst gar nicht, warum die Kinder plötzlich so laut lachten und schrien. Dann bemerkten wir die Ursache. Das scheue Mädchen hatte sich nicht getraut den Lehrer zu fragen, ob es während des Unterrichts auf das Klo gehen könne. Und nun saß sie ganz verdattert auf ihrem Holzsitz, an dem der Urin hinunterlief. Herr Schulze schickte sie sofort nach Hause und holte den Hausmeister zum Aufwischen. Am nächsten Tag kam das Mädchen nicht zur Schule, aber irgendwann war sie wieder da. Sie blieb dann schon nach der ersten Klasse sitzen, da war auch nichts anderes zu erwarten, denn sie kam zu häufig ohne Hausaufgaben zur Schule. In ihrer Familie kümmerte sich wohl auch niemand um sie. Und so hatte sie gar keine Chance aus ihrer sozial schwachen Familie herauszukommen. Ich verlor sie dann aus den Augen. Sie wird wohl ein ähnliches Schicksal wie ihre Mutter gehabt haben.

Freizeitaktivitäten am Nachmittag

Nachmittags ging ich oft zu Dorla. Ihr Vater war Bankdirektor und die Familie bewohnte im ersten Stock des Bankgebäudes eine Dienstwohnung. Hinter dem Haus befand sich ein Hof und daran anschließend ein etwas höher liegender Garten, der an der mittelalterlichen Stadtmauer endete. Auf einer wackeligen Treppe stiegen wir auf die breite Mauer und saßen dann auf ihr neben einem großen Holunderbusch, dem es gelungen war, sich auf der Mauer erfolgreich anzusiedeln. Von dort oben sahen wir »tief« unter uns in eine Grünanlage mit riesigen Kastanienbäumen, die anscheinend in dem die Stadtmauer einst umgebenden Graben (mit oder ohne Wasser?) angepflanzt worden war. Diese umfangreichen Kastanienbäume waren jeden Frühsommer von unzähligen Maikäfern besiedelt.

Zur Maikäferzeit besaß fast jedes Kind einen Karton mit Löchern im Deckel, damit die eingesammelten Maikäfer im Karton nicht erstickten. Zu fressen bekamen sie Kastanienblätter. Wir beschäftigten uns manchmal stundenlang mit den Käfern, das ging deshalb so gut, weil nur ab und an einer der Käfer langsam seine Flügel ausbreitete um wegzufliegen. Unsere geliebten Käferkartons durften wir aber leider nicht mit zur Schule nehmen.

An die Stadtmauer grenzte ein Spazierweg. Manchmal ließen wir von oben Maikäfer auf Spaziergänger fallen und freuten uns, wenn sie auch trafen und die Betroffenen nicht wussten, wo sie herkamen.

Manchmal spielte ich auch mit Erna, einem Mädchen aus der Nachbarschaft. Sie wohnte in einem uralten Hinterhaus. Erna nahm mich eines Tages mit nach Hause. Da kam ich dann aus dem Staunen nicht heraus. Die Familie lebte in einer Zweizimmerwohnung mit Wohnküche. Die Mutter war eine rundliche sehr herzliche Frau, sie hatte einen hellen Unterrock an, über dem sie eine verwaschene Schürze trug. In einem größeren fensterlosen Durchgangszimmer zur nachträglich eingebauten Toilette befanden sich mehrere Betten. In einem der Betten schlief, obwohl es helllichter Tag war, ein älterer Bruder, der nachts arbeitete. Er hatte noch sein kariertes Arbeitshemd an und seine Arbeitsstiefel standen vor dem Bett. Erna erklärte mir, dass Nachtarbeit sehr praktisch sei, weil der eine Bruder tagsüber allein im Bett schlafen könne, während der andere Bruder, der tagsüber arbeitet, dann im selben Bett nachts auch allein sein könne. In ihrer Familie schliefen immer zwei Geschwister in einem Bett und sie schlief mit ihrer jüngeren Schwester. Von der Mutter bekamen wir eine Scheibe Schwarzbrot, sie war mit Margarine bestrichen und darüber war noch Zucker gestreut. So etwas hatte ich noch nie gegessen. Es schmeckte mir sogar sehr gut.

Umzug nach Graudenz

Mein Vater war seit zwei Jahren selten zu Hause gewesen. Wir besuchten ihn ab und zu in Bad Langensalza. Er war dort bei der Wehrmacht. Als Lehrer war er mehrfach bedrängt worden, der SA beizutreten. Da er dieser Naziorganisation nicht angehören wollte, ging er zur Wehrmacht, weil ja jedes Land eine Armee hat und nicht nur Nazideutschland.

Als 1939 Hitler Polen überfiel, befürchtete unsere Familie, dass der Vater nun in den Krieg ziehen müsse. Es kam aber ganz anders: Er wurde vom Kultusministerium in Berlin 1940 nach Graudenz (Westpreußen) geschickt, um dort im besetzten Gebiet eine Lehrerbildungsanstalt aufzubauen. Er fuhr also nach Graudenz und nicht zum Kriegseinsatz. Er wollte uns, wenn die Lage dort stabil schien, sofort nachholen. Uns war natürlich klar, dass die polnische Bevölkerung zu Recht nicht angetan war, wenn nun auch noch deutsche Zivilisten in ihr Land kamen.

Bald kam die erfreuliche Nachricht, dass wir nachkommen könnten. Wir Kinder wurden zur Großmutter nach Michendorf bei Potsdam gebracht, während die Möbel in einen Güterwagen der Bahn verladen wurden. Es dauerte Wochen bis sie in Graudenz ankamen, weil kriegswichtiges Material von der Bahn vorrangig befördert wurde. In Michendorf mussten wir in der Zwischenzeit natürlich zur Schule gehen.

Als die Möbel endlich in der Graudenzer Dienstwohnung standen, machten wir uns auf den Weg. Der D-Zug war voll besetzt, er wurde aber immer leerer je näher wir der polnischen Grenze kamen. Als der Zug dann abends bei totaler Dunkelheit auf dem Bahnhof einer kleinen polnischen Stadt hielt, eröffnete uns ein Schaffner, dass der Zug erst am nächsten Morgen weiterfahren würde. Wir könnten über Nacht im Bahnhofshotel bleiben, er betonte, dass das Hotel für Deutsche sicher sei und ging. Als wir dann auf dem Bahnsteig standen, mussten wir feststellen, dass nur wir ausgestiegen waren. Schaffner, Heizer und der Lokomotivführer waren auch schon verschwunden. Womöglich mussten wir allein in dem Hotel übernachteten. Uns war sehr mulmig, wir machten uns aber auf den Weg zum nahe gelegenen Hotel. Das Haus wirkte unbewohnt, erst nach dreimaligem Klingeln sahen wir durch ein kleines Glasfenster in der Haustür einen Lichtschein am Ende des Flures. Eine muffige Frau öffnete uns, sie sprach gebrochen Deutsch und führte uns in den ersten Stock. Drei Betten standen im Zimmer, die Bettwäsche war nicht frisch, es war deutlich zu sehen, dass darin schon geschlafen worden war. Das war aber unwichtig. Wir Kinder schliefen trotzdem ein, die Mutter aber nicht, sie lauschte ängstlich in die Nacht, um jedes Geräusch wahrnehmen zu können. Am nächsten Morgen ging die Zugfahrt weiter, wir waren froh als wir endlich in Graudenz ankamen.

Die Lehrerbildungsanstalt befand sich in einem großen Gebäude aus rotbraunen Backsteinen. Dort wohnten wir nun auch. Hinter dem Haus erstreckte sich ein parkartiges Gelände mit einem großen Sportplatz und riesigen Bäumen. Wie ich mitbekam, hatten in der Dienstwohnung noch einige Möbel des früheren polnischen Schulleiters gestanden. Deshalb wurde der polnische Hausmeister, der noch in seiner Kellerwohnung wohnte, beauftragt, die Möbel den Eigentümern zuzuschicken. Er zuckte immer nur mit den Schultern, sagte aber nichts dazu. So wurden die Möbel erst einmal im Schulkeller abgestellt. Es sprach sich dann unter den zugezogenen Deutschen herum, dass bei der Besetzung Polens viele polnische Zivilisten, vor allem Intellektuelle, ermordet worden waren. Nun konnten wir uns erklären, warum der Hausmeister immer nur schweigend mit den Schultern gezuckt hatte, wenn er nach dem Verbleib des früheren polnischen Schulleiters gefragt wurde.

Unsere neue Wohnung war sehr geräumig, trotzdem stromerten wir nachmittags durch die Flure des großen Schulgebäudes. Dabei entdeckten wird die Küche im Keller. Nachmittags waren dort neben der Köchin fünf junge polnische Mädchen damit beschäftigt, Brote für das Abendessen vorzubereiten oder Berge von Kartoffeln zu schälen und Gemüse zu putzen für das Mittagessen am nächsten Tag.Wir bekamen auch manchmal eine Scheibe Brot ab. Dort schmeckte es natürlich besonders gut. Eines Tages kam zufällig mein Vater in die Küche. Er sah uns kauen und verbot, dass wir dort etwas essen was den Schülern gehört.

Erstaunlich war, dass sich Deutsche nach diesen schrecklichen Vorkommnissen ungefährdet in der Stadt bewegen konnten. Nur vor Ausflügen in die Umgebung wurde gewarnt und vor Baden in der Weichsel. Natürlich gab es auch keine Schulausflüge.

Lenchen

In unsere Familie kam Lenchen, ein polnisches Dienstmädchen. Sie stammte aus der Kaschubei und war Landarbeiterin gewesen. Sie bekam natürlich ein eigenes Zimmer. Lenchen war sehr lieb. Wir Kinder waren oft bei ihr. Meine dreijährige Schwester saß gern auf ihrem Arm und legte beide Ärmchen um ihren Hals. Lenchen hatte dicke rote Finger. Wir wussten zuerst gar nicht woher das kam. Als es dann draußen winterlich wurde, erzählte sie uns, dass sie Erfrierungen an Händen, Füßen und Beinen habe, die sie sehr stark durch heftiges Kribbeln spüre, wenn die Außentemperatur auf den Gefrierpunkt absinkt. Zu Hause habe sie dann abends Pferdeäpfel mit heißem Wasser überbrüht und Hände und Füße in diesen heißen Sud gehalten. Dadurch habe es immer Linderungen an den Erfrierungsstellen gegeben. Wir erlaubten ihr, sich auch bei uns Linderungen durch heiße Pferdeäpfelbrühe zu verschaffen, allerdings in der großen Küche bei geschlossener Tür und unter Verwendung eines alten Zinkeimers.

Wir waren sehr traurig als Lenchen plötzlich an einem anderen Arbeitsplatz geschickt wurde. Ihre Nachfolgerin war eine sehr zurecht gemachte junge Frau, die nicht so aussah, als ob sie je Dienstmädchen gewesen sei. Wir wussten nur, dass sie aus Warschau kam, sie erzählte immer wieder von den furchtbaren Luftangriffen deutscher Bomber, die sie dort erleben musste. Sie war eine freundliche Person, es gab keine Probleme mit ihr. Wir Kinder hatten aber immer noch Sehnsucht nach Lenchen.

Schulzeit in Graudenz

Als wir 1940 nach Graudenz kamen, gab es dort schon deutsche Schulen, die aber nur von volks- und reichsdeutschen Kindern besucht werden durften. Die Volksdeutschen stammten aus deutschen Familien, die oft schon seit Generationen in Polen gelebt hatten. Unter ihnen war ein stilles in sich gekehrtes Mädchen. Als jedes Kind einmal etwas über sich erzählen durfte, erfuhren wir, dass ihre Familie schon seit Generationen in Polen beheimatet war. Nach dem Überfall der Hitlerarmee auf Polen, rächten sich Polen an Volksdeutschen. Ihre Eltern besaßen ein größeres Gut in der Nähe von Graudenz und waren gewarnt worden. Die Großfamilie floh Hals über Kopf in die nahen Wälder. Hatte aber in der Eile zu wenig Essbares mitgenommen, auch nicht für zwei Kleinkinder. Am nächsten Tag wimmerten die Kinder sehr. Da schlichen sie an den Waldrand und sahen einen Bauernhof vor sich in der Ebene liegen, bei ihm regte sich nichts. Er schien verlassen zu sein. Daraufhin entschlossen sich ihr sechzehnjähriger Bruder und sein siebzehnjähriger Cousin gemeinsam dorthin zu gehen und nach etwas Essbarem zu suchen. Die Familie wartete vergebens auf die Rückkehr der beiden Jungen. Drei Stunden später kamen schon deutsche Soldaten. Sie gingen sofort zu dem Hof, um nach den Jugendlichen zu suchen. Die Cousins lagen tot im Hof, sie waren erschlagen worden und jedem war ein Hakenkreuz in den Rücken gebrannt worden. Die Mörder waren natürlich nicht mehr anwesend, sie waren geflohen. Wir wussten nun, warum das Mädchen immer so still dasaß.
Meiner Familie war klar, dass der ungerechte Überfall auf Polen viel Hass geschürt hatte. Dieser Krieg konnte für Deutschland gar nicht mit einem Sieg enden. Wir mussten zusehen, Westpreußen baldmöglichst wieder zu verlassen. Im Moment

war uns nur wichtig, dass der Vater nicht als Soldat am Krieg teilnehmen musste.

Lazarett

In der Straße, in der ich damals wohnte, befand sich ein großes Lazarett. Wir wurden von unserer Schule gebeten, verwundete Soldaten zu besuchen und erhielten auch gleich einen Termin.

An meine erste Visite kann ich mich noch lebhaft erinnern: Wir gelangten zuerst in einen saalartigen Raum, in dem vor allem, wie es hieß, Leichtverwundete untergebracht waren. Sie hatten meistens Bein- oder Armverletzungen. Etliche ältere Schülerinnen waren schon anwesend. Sie gingen Krankenschwestern zur Hand, die teilweise so überlastet waren, dass es für normales Laufen nicht langte, sie rannten dann. Die Helferinnen holten Getränke, wechselten Blumenwasser, unterstützten Beinverletzte bei Gehversuchen, halfen Armverletzten beim Essen usw.

Ich blieb erst einmal an der Eingangstür stehen, um die Situation zu erfassen. Die anderen Kinder hatten schon jeweils einen Soldaten angesprochen Da erfasste eine Schwester meine Hand, sie meinte, ich solle doch einem Schwerverletzten, der in einem Einzelzimmer liegt, meine schönen Blumen schenken und brachte mich zu ihm. In dem Einzelzimmer lag ein junger abgemagerter Mann, neben dem Bett saß seine Frau. Er freute sich über die Blumen, sprach aber kaum. Ich unterhielt mich mit seiner Frau und er hörte zu. Ich erfuhr, dass er Lehrer gewesen war und eine Beckenverletzung erlitten hatte. Nach kurzer Zeit ging ich, weil ich nicht stören wollte. Mir wurde aber erlaubt wiederzukommen. Als ich nach einer Woche erneut kam, hatte sich sein Gesundheitszustand deutlich verschlechtert. Er sah gelb aus und wirkte apathisch, seine Frau hielt ihm die Hand. Er lächelte aber als sie ihm meine Blumen auf den Nachttisch stellte. Drei Tage später ging ich wieder ins Lazarett, um ihm nochmals Blumen zu bringen, weil er sich doch wohl über den Strauß gefreut hatte. Eine Schwester kam gleich auf mich zu, sie sagte mir, dass der Oberleutnant inzwischen verlegt worden sei. In dem Zimmer läge bereits ein anderer Schwerverwundeter. Da war ich sehr traurig, weil ich ahnte, dass er womöglich nicht mehr lebte. Ich gab der Schwester die Blumen für einen schwer verletzten Soldaten und ging traurig nach Hause.

Feldpostbriefe

In der Schule gab es Adressen von Soldaten, die an der Front eingesetzt waren.
Auf meinen Brief antwortete ein Soldat, der, wie er schrieb, schon lange vor Leningrad in einer Stellung lag. Seine Briefe endeten immer mit: »Es grüßt Dich Dein Soldat Helmut Strauß.« Er stammte aus Pommern und schickte mir auch ein Bild von sich. Er sah sehr nett aus. Mehr als zwei Jahre konnte ich mich über seine Antwortbriefe freuen. In den Nachrichten (oft auch heimlich bei BBC London, weil man dort mehr erfuhr) verfolgte ich das Kampfgeschehen bei Leningrad. Im Januar 1944 startete dann die Rote Armee eine Offensive bei Leningrad, sie überrannte schon gleich am ersten Tag die deutsche Einschließungsfront. Da machte ich mir große Sorgen um »meinen Soldaten« und das wohl zu Recht, denn ich habe seitdem keinen Brief mehr von ihm erhalten.

Läuse

Meine Schwester hatte plötzlich Läuse. Da erfuhren wir, dass sich in der Nähe von Graudenz ein Kloster befindet, bei dem sich betroffene Familien eine läuseerfahrene Nonne bestellen können. Daraufhin engagierten wir eine dieser Ordensfrauen, sie wohnte auch bei uns im Gastzimmer. Wenn sie morgens ins Badezimmer ging, hatten wir die Möglichkeit, sie ohne Haube zu sehen. Wir Kinder hatten vermutet, dass sie wohl eine Tonsur wie Mönche habe. Dem war aber nicht so, sie hatte einen ganz normalen Bubikopf.

Die Nonne kämmte unsere Haare über einem mit Wasser gefüllten Becken mehrmals am Tage mittels eines Läusekammes kleinsträhnig durch. Aus vorhandenen Nissen (Läuseeiern) geschlüpfte Tiere wurden dadurch gleich ins Wasser gekämmt. Bei mir fand sie insgesamt nur eine Laus und eine Nisse, diese zerquetschte sie zwischen den Fingernägeln der Daumen. Bei meiner Schwester, die viele Läuse gehabt hatte, wurden die Haare noch mit Cuprex, einem Läusevernichtungsmittel, einbalsamiert. Die Nonne blieb bei uns einige Tage, bis sie auch bei meiner Schwester keine Laus mehr auskämmen konnte. Auf Grund ihrer Kompetenz waren wir dann bald von allen Läusen befreit.

Schulkameradinnen

In Graudenz kam ich immer mal wieder mit Schulkameradinnen in deren Familien, lernte aber meistens nur ihre Mütter kennen. Ich war erstaunt, dass einige so freudig beseelt wirkten. Diese Art hatte ich sonst nur bei einzelnen Christenmenschen kennengelernt, dort wird dieses Verhalten christfroh genannt. Da nun bei diesen Familien oft auch noch große Hitlerbilder an der Wand hingen, waren sie wohl nazifroh. Zu Hause wurde mir dann geraten, nicht mehr dort hinzugehen, das seien überzeugte Nazis. Es wurde wohl auch befürchtet, dass man versuchen könnte, mich auszufragen oder mir eine Bemerkung herausrutschen könnte.

Hitlers Vernichtungspolitik

In meinem Elternhaus wurde Hitlers Politik kritisch debattiert. Als wir dann in Graudenz mitbekamen, dass viele polnische Intellektuelle nach dem Einmarsch der deutschen Armee, wohl zur Abschreckung, ermordet worden waren, wurde das Entsetzen über den Gefreiten noch größer. Hier erfuhren wir, wie Hitler seine Kriege vor Ort führte. Uns war von Anfang an klar, dass der Krieg nur mit einer Katastrophe enden könnte und die Rache ebenfalls grausam sein würde.

Ein Freund meines Vaters, der damals als Soldat in Russland war, bekam Heimaturlaub. Auf seiner Heimfahrt machte er kurz in Graudenz Station. Die Erwachsenen aßen zusammen Abendbrot und ihre Gespräche gingen bis tief in die Nacht. Er war schon wieder weitergereist, da bekam ich aus den Gesprächsfetzen meiner Eltern mit, was er mitgeteilt hatte: In Russland werden von SS-Angehörigen Zivilisten, auch Frauen und Kinder, ermordet. Er war durch Zufall in die Nähe eines solchen grausamen Ortes geraten. Nach der Erschießung wurden die Körper in der Grube mit Erdreich überdeckt. Es musste sich wohl um sehr viele Opfer gehandelt haben, denn es quoll ständig noch Blut aus dem Boden. Mehrere Laster mussten noch Sand bringen bis das Blut endlich sandgebunden und mit Erdreich überdeckt worden war. Derartige Vorkommnisse wurden natürlich nur bei Freunden weitererzählt, die man genau kannte und die uns nicht wegen Wehrkraftzersetzung anzeigten.

Stalingrad

Als uns dann die Schlacht um Stalingrad im Winter 1942/43 erschütterte und der Rückzug der deutschen Armee in Russland begann, war klar, dass der Krieg auch nach Deutschland kommen werde. Hitler würde vorher nicht kapitulieren.

Mit dem schwindenden Kriegsglück hatte sich die Politik gegenüber der polnischen Bevölkerung geändert, man wurde den Polen gegenüber freundlicher. Zum Beispiel strukturierte man die Volksschulen (heute Grundschulen) um. Polnische Schüler/innen durften nun mit volks- und reichsdeutschen Kindern die gleiche Schule besuchen.

Es war aber weiterhin verboten polnisch zu sprechen. Ich sah sogar einmal, wie ein Polizist auf der Straße zwei Frauen tadelte, die sich in polnischer Sprache unterhielten. Die Frauen trennten sich wortlos.

Polnische Schülerinnen, die nun in unsere Klasse kamen, sprachen schlecht deutsch, es war wohl anzunehmen, dass bei ihnen zu Hause polnisch gesprochen wurde. Entsprechend miserabel war nun der Unterricht. Ein polnisches Mädchen gefiel mir sehr gut. Es hatte den Nachnamen Friese. Ich ging zu ihr, sprach sie an, weil ich mich mit ihr unterhalten wollte. Sie reagierte überhaupt nicht, wollte mit mir also nichts zu tun haben. Ich verstand: Ich war eine Deutsche. Es gab auch sonst keinen Kontakt zwischen polnischen und deutschen Kindern. Das kannte ich schon. Meine Schwester und ich hatten schon einmal vergeblich versucht, mit den Kindern des polnischen Hausmeisters, die im gleichen Gebäude wie wir wohnten, zu spielen. Ihre Mutter schickte uns immer laut polnisch schimpfend fort.

Michendorf

Seit dem neuen Schuljahr war ich in der vierten Klasse. Wegen des nun sehr bescheidenen Unterrichtes hätte ich wahrscheinlich überhaupt keine Aussicht gehabt, die Aufnahmeprüfung für ein Gymnasium in Deutschland zu bestehen. Deshalb wurde ich im September 1942 zur Verwandtschaft nach Michendorf geschickt. In diesem Ort wohnten meine Großmutter und Onkel Adolf, ihr viel jüngerer Bruder mit Tante Emma, seiner Frau, die meine Patentante war.
Onkel Adolf hatte bei den Berliner Elektrizitätswerken gearbeitet. Er war ein strammer Sozialdemokrat gewesen und wurde 1933 von den Nazis entlassen. Er musste sich jede Woche einmal bei der Polizei melden und durfte nicht ins Ausland reisen. Onkel und Tante kauften sich ein Häuschen in Michendorf und verließen Berlin. Daraufhin siedelte sich meine Großmutter auch in Michendorf an.

Meine Großmutter war gerade auf Reisen als ich aus Graudenz kam, so zog ich erst einmal bei Onkel und Tante ein. In ihrem Nebenhaus wohnte eine Christel, sie war ebenfalls eine Viertklässlerin. Christel nahm mich am Tag nach meiner Ankunft mit in die Dorfschule.

Wenige Tage später nahmen mich Onkel und Tante auf eine Party mit. Ich war sehr stolz. Die Einladenden waren Herr und Frau Gau, ein älteres Ehepaar. Die Gaus besaßen am Waldrand ein größeres Gartengrundstück mit spitzgiebeligem Häuschen. Dort lebten sie mit einem braunen Dackelhund, der uns aufgeregt bellend entgegen gerannt kam.

Etliche Gäste waren schon anwesend als wir eintrafen, sie haben mich alle sehr freundlich begrüßt und sich gefreut, dass ich mitgekommen bin. Ich durfte mich an ein kleines Tischchen setzen, auf dem Kekse und Saftflaschen standen. Ab und an kam der Hund und wollte gestreichelt werden. Das Gespräch der Erwachsenen verlief sehr lebhaft. Worüber sie so angeregt diskutierten, weiß ich nicht mehr, kann mir aber vorstellen, dass es um Politik ging, denn es tobte ja damals dieser schreckliche Krieg. Lange nach Mitternacht gingen wir erst nach Hause. Für mich war das ein eindrucksvoller Abend.

Hinter dem Anwesen von Onkel und Tante befand sich eine sehr alte repräsentative Villa mit Kutschenauffahrt und Freitreppe. Dort lebte ein älteres adeliges Ehepaar mit Haushälterin. Der Mann war einst ein hoher kaiserlicher Beamter gewesen. Eines Tages teilte mir Tante Emma mit, dass demnächst zu ihren adeligen Nachbarn eine Großnichte aus Salzburg käme, die ebenfalls eine Viertklässlerin sei und mit mir zusammen zur Schule gehen solle. Eines Nachmittags besuchte uns das gerade aus Salzburg angereiste Mädchen und eröffnete mir, dass ihre Tante von mir erzählt habe und sie solle mit mir gehen. Wir verabredeten uns für den nächsten Tag, sie holte mich ab. Wir trafen Christel, sie wollte aber nicht mit uns zur Schule gehen, sie war sogar beleidigt.

Auf unserem Weg zur Schule kamen wir immer zu einen Trampelpfad über eine Wiese. Dort befanden sich riesige Scheinwerfer. Die Bedienungssoldaten hatten sich Unterstände (Erdhöhlen) gegraben. Die Grasbewachsung über diesen »Behausungen« war zur Tarnung lückenlos.

Michendorf liegt südwestlich vor Berlin. Wenn Bomberflotten eintrafen, um Berlin zu bombardieren, suchten Lichtbahnen der Scheinwerfer den Himmel ab. Sie kreuzten sich auch oft mit Lichtbahnen, die von Scheinwerfern nordwestlich vor Berlin stammten. Angeleuchtete Bomber, wenn sie auch noch in einen Kreuzungspunkt zweier Lichtbahnen geraten waren, konnten leichter von der Flak getroffen werden.

Die Bomber flogen immer von Westen kommend in mehreren Wellen Richtung Berlin. Bei Fliegeralarm rannten wir sofort auf die Straße. Die Scheinwerfer leuchteten schon den Himmel ab und die Flak bellte. Bald hörten wir das durchdringende Motorengeräusch vieler Flieger der ersten Welle. Wenn die Bomber dann in unserer Nähe waren, verschwanden wir im Luftschutzkeller, waren aber wieder draußen, bevor die zweite Welle eintraf. Interessiert beobachteten wir den sonst so langweiligen Nachthimmel: Zahlreiche Flakgeschütze »bellten«. Lichtbahnen vieler Scheinwerfer tasteten langsam den Himmel ab, hielten aber sofort inne, wenn ein Bomber in den Kreuzungspunkt zweier Lichtbahnen geriet. Die Flak konnte nun genau dorthin zielen. Wir Kinder waren begeistert und schrien: »Holt ihn runter, holt ihn runter!« Wenn dann ein angeleuchteter Flieger plötzlich verschwunden war, diskutierten wir darüber, ob er wohl abgeschossen worden war oder ob er es möglicherweise geschafft hatte, aus dem Lichtkreuz zu entkommen. Wenn dann das Motorengeräusch der dritten Bomberflotte schon laut zu hören war, begaben wir uns wieder mit den Erwachsenen in den Luftschutzkeller. War dann die dritte Flotte vorbei geflogen, hielten wir uns wieder so lange auf der Straße auf, bis womöglich die nächste

Bomberflotte deutlich zu hören war. Oft gab es aber »nur« drei Bomberflotten.

Dann besahen wir uns noch aus der Ferne den Himmel über Berlin. Er war immer rot verfärbt von vielen Bränden. Wir dachten auch an die armen betroffenen Menschen und die nun überfüllten Krankenhäuser.

Bombenangriffe auf Berlin

Onkel und Tante planten noch vor Weihnachten 1942 gute Freunde, die in Berlin gegenüber dem Eingangsbereich des Virchow- Krankenhauses wohnten, zu besuchen. Mittags hörte der Onkel noch die Luftlagemeldungen im Radio ab, dort wurde nämlich immer bekanntgegeben, ob sich ein Bomberverband im deutschen Luftraum befindet. Es wurde dann auch stets das Einflugsgebiet genannt und anschließend ununterbrochen die Flugrichtung der Bomber genau beschrieben. An dem geplanten Besuchstag befand sich bis zum frühen Nachmittag keine feindliche Bomberflotte im deutschen Luftraum. Also machten wir uns auf den Weg nach Berlin. Bei den Freunden angekommen, erfuhren wir, dass inzwischen ein großer Bomberverband wahrscheinlich in Richtung Berlin unterwegs war. Wir entschlossen uns, trotzdem in Berlin zu bleiben, weil wir einen längeren Rückweg hatten mit Umsteigen in Berlin-Wannsee, und vor Luftangriffen stellten Züge rechtzeitig ihre Fahrt ein. Es war also nicht voraussehbar, wo wir dann stranden würden.

Am Abend gab es Fliegeralarm. Wir zogen Mäntel an, weil Luftschutzkeller im Winter kalt waren. Der Onkel und sein Freund gingen vor die Haustür, weil der Alarm immer sehr frühzeitig erfolgte. Ich lief hinterher, war ich doch von Michendorf gewöhnt, bei Fliegeralarm erst einmal auf die Straße zu gehen. Hinter den Männern stellte ich mich in eine Ecke, was sie gar nicht bemerkten. Den Himmel mit dem »Scheinwerferspiel« konnte ich von da aus nicht richtig sehen, hörte aber dem Gespräch der Männer interessiert zu. Als die Bomber schon deutlich zu vernehmen waren, begaben sich die Männer ins Haus. Jetzt konnte ich den Himmel endlich richtig sehen. Es krachte und blitzte schon tüchtig, aber noch nicht ganz in der Nähe. Plötzlich gab es einen großen breiten Blitz, bald einen Mordsknall, starker Luftdruck schleuderte mich an die Wand, kurz danach prasselten Steine, einer schlug mit power neben mir ein. Jetzt war mir klar, dass auch Trümmerteile Menschenleben gefährden konnten. Den Platz vor der Haustür verließ ich schnell und schlich in den Keller. Onkel und Tante hatten mich noch gar nicht vermisst, also bekam ich auch nichts zu hören.

Nach der Entwarnung machten wir uns bald auf den Rückweg. Wir hofften, dass die S-Bahn fahren würde, es keine Zerstörungen von Gleisen gegeben hatte.
Schon vor der Haustür sahen wir im hellen Mondlicht das große Elend, das dieser Luftangriff verursacht hatte. Verletzte wurden von Angehörigen auf Handwagen, Schubkarren, Kinderwagen, Fahrrädern, auf Tragen, in Bettüchern, die von vier Helfern hochgehalten wurden, zum Virchow-Krankenhaus geschleppt. Kleinkinder wurden auf den Armen Erwachsener getragen. Zwischen dem langen Menschenzug versuchten auch noch Krankenwagen schnellstmöglich zum Eingang des Krankenhauses zu gelangen. Das war ein nicht enden wollender Elendszug, der sich zum Krankenhaus bewegte.
Am S-Bahnhof stand schon ein Zug bereit, wir waren heilfroh, als wir wieder in Michendorf eintrafen.

Bald trauten wir uns nur noch am helllichten Tag nach Berlin. Anfangs hatte es nur Nachtangriffe gegeben. Kam man am

Tag nach einem nächtlichen Luftangriff nach Berlin, dann stand man fassungslos vor immer noch rauchenden Trümmern von großen Wohnhäusern. Oft wurde noch hektisch versucht durch Grabungen an in Kellern Eingeschlossene zu gelangen. Feuerwehrleute versuchten auch Luft einzublasen. An älteren Ruinen waren meist Informationen für suchende Angehörige und Freunde in weißer Schrift angebracht worden. Etwa die neue Anschrift der früheren Bewohner oder der Hinweis, dass alle Bewohner umgekommen seien. Manch ein Soldat, der gerade auf Heimaturlaub kam, erfuhr auf diese Weise, was mit seinen Angehörigen geschehen war.

Als es dann zu Tagangriffen auf Berlin kam, blieb man der Stadt möglichst fern. Fünf Monate wohnte ich bei Onkel und Tante, dann kehrte meine Großmutter nach Michendorf zurück und ich zog bei ihr ein. Die Salzburger Freundin befand sich inzwischen wieder bei ihren Eltern und mein Vater war von Graudenz nach Dahme in der Mark Brandenburg versetzt worden.
Mutter und Schwestern trafen am ersten März 1943 von Graudenz kommend, gegen Abend in Berlin ein. Ich stand auf dem Bahnhof und wartete, in der Ferne war schon Flak zu vernehmen, was mich sehr beunruhigte. Als dann der Zug einigermaßen pünktlich eintraf, drängte ich zur schnellen Flucht aus Berlin. Bei Sirenengeheul trafen wir in Michendorf ein. Der dort einzige Taxifahrer wollte gerade seinen Warteplatz am Bahnhof verlassen und nahm uns noch mit. Am nächsten Tag hörten wir in den Nachrichten, dass der Luftangriff vom ersten März einer der schwersten gewesen sei, den Berlin bis dahin zu ertragen hatte.

Unsere Möbel waren in Graudenz in einen Güterwagen verladen worden, Ankunft ungewiss. Züge mit kriegswichtiger Beladung hatten stets Vorfahrt, außerdem wurden immer häufiger Bahnhöfe bombardiert. Wir hatten damit kein Problem, weil wir bei der Großmutter bleiben konnten. Zur Schule musste ich nun weiterhin allein gehen, denn meine ältere Schwester besuchte bereits das Gymnasium. Sie fuhr jeden Tag zur Schule nach Berlin-Zehlendorf.

Sportliche Aktivitäten

Bei den nächsten Reichsjugendsportwettkämpfen wollte ich unbedingt gut abschneiden, deshalb trainierte ich eifrigst in Leichtathletik. In Graudenz hatten diese Sportspiele verständlicherweise nicht stattfinden können. Als dann die Ergebnisse der Sportwettkämpfe 1944 in der Zeitung standen, war ich ganz begeistert, ich belegte den dritten Platz. Das viele Trainieren hatte sich gelohnt.

Manchmal spielte ich mit anderen Kindern auf der nahegelegenen Autobahn Ball. Wenn wir dann in weiter Ferne ein Auto daherkommen sahen, gingen wir zur Seite. Anschließend wurde das Spiel fortgesetzt. Als Lehrer von unserem Treiben auf der Autobahn erfuhren, wurde uns der Aufenthalt dort streng verboten.

Dafür badeten meine ältere Schwester und ich nun häufiger im Lienewitzsee. Dorthin durften wir nur in Begleitung der Großmutter. Wir konnten nämlich noch nicht schwimmen, weil es für deutsche Kinder in Graudenz keine Möglichkeit gab baden zu gehen. Der Lienewitzsee hatte einen matschigen Untergrund, deshalb wurden wir in der Taille an einer Wäscheleine festgebunden, erst dann durften wir ins Wasser. Großmutter stand am Seeufer, sie hielt die Wäscheleine in den Händen.

Falls wir zu weit ins Wasser liefen oder in eine Untiefe gerieten, konnte sie uns herausziehen. Im darauf folgenden Sommer lernten wir dann endlich schwimmen.

Sommer 1943

Wenige Wochen bevor das vierte Schuljahr an der Volksschule Michendorf zu Ende war, erfuhren wir die Zulassungen zu weiterführenden Schulen. Ich war als einzige der Klasse für ein Gymnasium vorgesehen, Christel und ein paar andere Mädchen sollten eine Realschule besuchen und die Jungen wurden fast alle Hauptschüler.

Alle Michendorfer Gymnasiastinnen, wie auch meine ältere Schwester, gingen auf die Droste-Hülshoff-Schule in Berlin-Zehlendorf, die dicht am S-Bahnhof Zehlendorf lag. Die Realschülerinnen mussten zum Schulbesuch nach Potsdam fahren und die Hauptschüler konnten in Michendorf bleiben.

Christel gefiel anscheinend nicht, dass ich ins Gymnasium durfte, sie wiegelte einige Dorfjungen gegen mich auf. Sie lauerten mir auf dem Rückweg von der Schule auf. Vor allem ein Junge namens Bredow haute mir immer wieder eine runter. Christel stand daneben, warf immer wieder ihre Fäuste in die Luft, kreischte vor Vergnügen und hetzte weiter auf. Es gelang mir wegzurennen. Am nächsten Tag passten sie mich an einer anderen Stelle ab und wieder war Bredow der Hauptschläger, angefeuert von Christel, abermals konnte ich entkommen. Tante Emma sprach danach mit Christels Mutter. Das Auflauern hörte auf. Um Christel machte ich nur noch einen großen Bogen.

Aufnahmeprüfung für das Gymnasium

An der Droste-Hülshoff-Schule, einem Mädchengymnasium in Berlin-Zehlendorf, wurde ich zur Aufnahmeprüfung angemeldet. Am Prüfungstag nahm mich meine Schwester mit zu ihrer Schule, dort lieferte sie mich vor der Aulatür ab. Behutsam öffnete ich die große Tür und stand dann vor einer Wand aus Elternrücken. Der Raum wirkte überfüllt, auch wegen der vielen Eltern. Eine Mutter drehte sich zu mir um, fragte nach meinem Namen, hob den Arm und teilte laut mit, dass noch ein Kind eingetroffen sei und nannte meinen Namen. Der Namenzettel wurde von einer Lehrerin überprüft, ich durfte dann nach vorne kommen und mich neben ein Mädchen mit langen Zöpfen setzen. Kurz darauf wurden die Prüflinge in Klassenzimmer geschickt, ich war also gerade noch rechtzeitig eingetroffen.

Wir mussten ein längeres Diktat schreiben und in einer Rechenarbeit unterschiedliche Rechenaufgaben bearbeiten. Anschließend ging es in die Turnhalle. Dort mussten wir nacheinander rennen und an Turngeräten unsere körperliche Fitnes demonstrieren. Ein Raunen ging durch den Raum als Helga Goebbels aufgerufen wurde, ein schlankes dunkelhaariges Mädchen, dessen lange Zöpfe beim Rennen hinter ihrem Kopf tanzten. Bis dahin hatte ich gar nicht gewusst, wer Helga Goebbels ist.

Meine Nebensitzerin kam aus Nikolassee, das lag auf der Strecke nach Wannsee, wo ich ja in den Vorortzug nach Michendorf umsteigen musste. Wir verabredeten, dass wir bis Nikolassee zusammen fahren und im neuen Schuljahr nebeneinander sitzen wollen. In Nikolassee sollte ich kurz mit aussteigen, weil es in einem Kiosk am S-Bahnhof Eis gäbe, was ja sonst in Kriegszeiten nirgends zu bekommen war.

Während der Turnstunde waren die Prüfungsarbeiten korrigiert worden. Meine neue Freundin musste leider noch zur mündlichen Überprüfung dableiben. Sie bat mich inständig auf sie zu warten, da wartenden Eltern mitgeteilt worden war, dass spätestens in einer Stunde die mündliche Überprüfung der betroffenen Schülerinnen abgeschlossen sei. Mir war nicht ganz wohl dabei zu warten, ich tat es aber dennoch, es betraf doch die neue Freundin fürs nächste Schuljahr. Ich setzte mich unter einen großen Baum vor der Schule. Auf der Straße stand eine Ponykutsche, der Kutscher saß schon auf dem Bock, ich dachte so für mich, wem dieses Gefährt wohl gehört. Kurz darauf verließ Helga Goebbels die Schule, sie stieg in die Kutsche und die fuhr davon.

Ungefähr eine Viertelstunde später kam meine neue Freundin freudig angerannt, sie hatte auch bestanden und wir freuten uns riesig auf das neue Schuljahr. Ich teilte ihr noch meine Beobachtungen zu der urigen Kutsche mit. Da grinste sie und erzählte, dass die Goebbelskinder jeden Tag mit der Kutsche aus Schwanenwerder, wo sie wohnten, zur Schule gefahren würden.

In Nikolasseee stiegen wir aus und liefen auf einer Brücke über die Gleise zu einem Kiosk, der direkt am Ende der Brücke stand. Dort kauften wir die angekündigten Eisstangen. Es war Eis aus Limonade. Wenn man an einem Ende der Stange saugte, hatte man Limonade im Mund und hielt eine pure Eisstange in der Hand. Ein Rätsel bleibt: Es gab damals keine elektrischen Kühlschränke. Wie wurden die Eisstangen damals hergestellt und warum tauten sie an dem heißen Sommertag in dem kleinen Kiosk nicht auf? Wir lutschten jedenfalls an den kalten Stangen, standen noch fröhlich beieinander und freuten uns, dass wir uns getroffen hatten. Da fing plötzlich in der Ferne die Flak an zu »bellen«. Wir mussten uns sofort trennen, ich rannte über die Brücke zum S-Bahnhof Nikolassee zurück und hatte Glück, dem nächsten Luftangriff auf Berlin war ich entkommen. Ich hoffte inständig, dass meiner neuen Freundin nichts passiert sei. Leider kannte ich ihre Anschrift nicht, hatte aber die Zuversicht, sie im nächsten Schuljahr wieder zu treffen.

Evakuierung Berlins

Schülerinnen, mit denen ich die Aufnahmeprüfung gemacht hatte, bin ich nie mehr begegnet, weil im August 1943 alle Kinder wegen der zunehmenden Luftangriffe Berlin verlassen mussten. Alle Schulen wurden geschlossen. Die von ihrer Mutter getötete Helga Goebbels habe ich dann nach dem Krieg neben ihren ebenfalls getöteten Geschwistern im Fernsehen mehrmals gesehen. Das Bild sah ich mir verständnislos an.

Die Evakuierung Berlins lief auf vollen Touren. Auch wir mussten Michendorf verlassen, weil es in den Dörfern der Umgebung nur Hauptschulen gab. Frauen mit kleinen Kindern sollten Berlin ebenfalls verlassen. Berufstätige Mütter von Schulkindern mussten in Berlin bleiben, ihre Kinder wurden in ungefährdeten Gebieten bei Familien oder in Kinderlandverschickungslagern untergebracht.

Oft waren Lehrer die Leiter solcher Lager. Der Vater einer Freundin meiner Schwester, ein Volksschullehrer, wurde ein solcher Lagerleiter. In der Familie dieser Freundin gab es keinerlei Nahrungsmittelmangel, weil dort regelmäßig Fresspakete vom Vater eintrafen. Meine Schwester erfuhr von ihrer Freundin, dass der Vater mit der Küchenchefin des Lagers befreundet sei und sie ihm deshalb Lebensmittel zuschanzte. Wir waren fassungslos, dass er Lebensmittel, die für die Lagerkinder bestimmt waren, annahm.

Einrichtung in Dahme in der Mark Brandenburg

Unsere Möbel waren inzwischen in Dahme eingetroffen. Die Wohnungssuche war schwierig, weil viele Ausgebombte aus größeren Städten und Evakuierte aus Berlin in der näheren und weiteren Umgebung von Berlin schon Quartier bezogen hatten. Wir fanden dann doch eine kleine Wohnung im zweiten Stock eines schmalen Hauses, das den Ackerbürgern, Herrn und Frau Gans, gehörte. Die Wohnung bestand aus einem Zimmer, zwei Kammern und einer kleinen Küche. Fließendes Wasser gab es nur in der Küche, also mussten wir uns am Spülstein der Küche auch waschen. Ein Trockenklo für alle Hausbewohner befand sich im Hinterhof über einem Misthaufen, auf dem der Dung der zwei Schweine des Hausbesitzers abgelagert wurde.

Um alle Möbel unterbringen zu können, mieteten wir noch zwei Zimmer in der Villa eines Biberzüchters. Leider lag die Villa am Rande der Stadt und daher nicht in der Nähe unserer Wohnung.

Schulzeit in Dahme

Dahme hatte eine Oberschule und dort kam ich 1943 nach den großen Ferien in die erste Klasse. Einige Lehrer dieser Schule hatten lustige Spitznamen: Krümel war ein besonders kleiner, rundlicher Mann mit Glatze, er war sehr witzig und bei Schülern beliebt. Er ist dann 1945 leider in einer schlesischen Stadt beim Volkssturm gefallen. Borax, unser Chemie- und Biologielehrer, war immer freundlich. Als ich 1944 im zeitigen Frühjahr auf dem Weg zur Schule drei Schneeglöckchen aus dem Schnee gucken sah, nahm ich sie einfach mit und schenkte sie Borax. Der freute sich sehr und steckte sie in das Knopfloch im linken Revers seines Jacketts. Am nächsten Tag begegnete ich ihm auf dem Flur, da zeigte Borax auf dieses Revers und dort steckten tatsächlich immer noch die inzwischen ange-welkten Schneeglöckchen. Ein Mathematik- und Physiklehrer wurde Bumps genannt. Er hatte zwar Kinderlähmung einst überlebt, die Folge war aber ein verkürztes Bein, weshalb er stark humpelte. In der Schule war er schnell aus der Fassung zu bringen, besonders wenn Schüler ihn hänselten. Dann schlug er schnell zu und schimpfte lautstark, das wurde unangenehm wegen seiner feuchten Aussprache. Und Bauer war der Spitz-name eines Deutschlehrers der Schule. Bauer war Volksschul-lehrer gewesen, durfte aber wegen Lehrermangel, die jungen Lehrer waren ja zur Wehrmacht eingezogen worden, in der Unterstufe der Oberschule unterrichten. Er war klobig und ungeschlacht, er wurde auch schnell gehässig, vor allem wenn Väter von Schülern Akademiker waren. Es wurde nur lustig, wenn sich Fliegen auf seine Glatze setzten. Dann wedelte er sie mit seinen klobigen Händen fort. Seine Glatze nannte er Fliegenflugplatz. Wenigstens von Fliegen wurde er gemocht. Die Schüler waren immer froh, wenn die Deutschstunde vorüber war und sie nicht mehr seine bissige Art ertragen mussten. Bauer wurde von russischen Soldaten erschossen, obwohl er weder Soldat noch Volkssturmmann gewesen war. Der Grund ist unbekannt.

Unser Direktor war ein Herr Kracke, er hatte keinen Spitznamen, war ein vornehmer Herr und wurde sehr geachtet. Es wurde erzählt, dass er als Soldat im ersten Weltkrieg in russische Kriegsgefangenschaft geraten sei. Ihm gelang die Flucht aus dem Kriegsgefangenlager. Er kehrte also wieder nach Deutschland zurück. Aus dem Schuldienst wurde er 1945 entlassen und 1949 vom sowjetischen Geheimdienst abgeholt. Während der Deportation nach Russland soll er ums Leben gekommen sein.

Unsere Englisch-Lehrerin hieß Frau Heinrich, sie war Kriegerwitwe und Evakuierte aus Berlin Sie kehrte bald nach Kriegsende mit ihrem kleinen Sohn nach Berlin zurück. Frau Treue, eine Deutschlehrerin, verstand es, uns für Gedichte zu begeistern, blieb aber nicht lange in Dahme. Ihr Mann meldete sich nach dem Krieg aus England. Eines Tages war Frau Treue verschwunden, es wurde erzählt, sie sei nach England gereist.

Es gab viele Kinder, die sehr bedrückt waren, sie hatten Väter und Verwandte im Krieg verloren. Die Luftangriffe fanden nun schon ständig tagsüber statt. Auf der anderen Seite gab es aber auch Kinder, deren Eltern immer noch überzeugte Nazis waren, der Krieg belastete sie kaum und sie glaubten immer noch an den Endsieg. Eine Schulkameradin meiner Schwester besuchte uns bald nachdem wir in die kleine Wohnung eingezogen waren. Plötzlich fragte sie uns empört, ob wir denn kein Hitlerbild hätten. Da erzählten wir ihr dann, dass wir leider wegen der kleinen Wohnung noch nicht alle Umzugskisten geleert hätten. Wir würden aber noch gezielt nach dem Bild suchen. Am nächsten Tag kauften wir so ein Bild und hingen es im großen Zimmer auf. Wir hatten nun zum ersten Mal so ein Bild an der Wand, um nicht noch Ärger mit Nazis zu bekommen.

Mein Vater war inzwischen von Dahme nach Brandenburg an der Havel versetzt worden. Wir entschieden uns, ihn allein dorthin ziehen zu lassen und in der Kleinstadt Dahme zu bleiben, hier waren wir sicherer vor Luftangriffen.

Flüchtlingstrecks aus Schlesien

Im Januar 1945 kam für die Bevölkerung der Mark Brandenburg eine neue Erscheinungsform des Krieges hinzu: Flüchtlinge auf Leiter- und Plattenwagen, die von Pferden gezogen wurden, rumpelten bei klirrender Kälte über die Landstraßen nach Westen - ein nicht abreißender Strom. Bauernfamilien aus Schlesien hatten dörferweise vor dem Einmarsch der Roten Armee ihre Heimat verlassen. Sie waren bereits seit Wochen unterwegs – bei Wind und Wetter – als sie Dahme erreichten. Über den Fuhrwerken waren Planen oder Teppiche zum Regen- und Schneeschutz angebracht. Die Pferde wurden von alten Männern oder Frauen am Halfter geführt. Junge Männer sah man natürlich nicht.

Schon als die ersten Flüchtlinge eintrafen, wurde der Unterricht an den Schulen der märkischen Städte eingestellt. Alle Schulgebäude wurden zu Herbergen hergerichtet, Fußböden aller Klassenräume belegte man mit Stroh. Hier konnten Flüchtlingsfamilien ausruhen, auch über Nacht bleiben, um zu schlafen oder Erkältungskrankheiten behandeln zu lassen. Helfer waren pausenlos um die Ankömmlinge bemüht. Es gab warme Getränke, warmes Essen, Schwestern versorgten Kranke und Schwache, außerdem wurden auf dem Schulhof die Pferde der Ankommenden gefüttert. Bauern aus der Umgebung brachten auf ihren Fuhrwerken Heu, Hafer und Säcke voll Häcksel.

Alle Fliehenden hatten das gleiche Ziel: Sie wollten noch über die Elbe gelangen, um nicht den Russen in die Hände zu fallen. Die städtische Bevölkerung floh ebenfalls weitgehend vor der Roten Armee, hauptsächlich aber mit der Bahn, oft in unheizbaren Güterwagen, weil darin mehr Menschen mitgenommen werden konnten. Lokomotivführer nahmen, so weit es der Platz zuließ, Frauen mit kleinen Kindern auf der warmen Lokomotive mit.

Luftangriff auf Dresden

Wenn wir in Dahme Fliegeralarm bekamen, waren wir natürlich gleich wieder auf der Straße, Motorengeräusche der Bomber kannten wir, falls welche kämen, würden wir in die Keller gehen. Da es keine größere Stadt im Umkreis gab, sahen wir Lichtbahnen von Scheinwerfern nur in der Ferne und Flak befand sich auch nicht in unmittelbarer Nähe.

Als wir dann in der Nacht vom 13. auf den 14. Februar 1945 bei Fliegeralarm wieder mal auf der Straße standen, färbte sich der Himmel Richtung Süden glutrot. Wir wussten sofort, dass dort irgendeine Stadt brutal und menschenverachtend bombardiert worden war. So einen feuerroten Himmel hatten wir noch nie gesehen, selbst nach den Bombardierungen Berlins nicht.

Bei diesem Angriff war wohl die gleiche Luftkriegsstrategie angewendet worden, die schon in Hamburg zu einer großen

Katastrophe geführt hatte: Zuerst wurden Sprengbomben und Minen abgeworfen, die Dächer, Mauern, Wände zertrümmerten, damit die Holzteile der Häuser freigelegt wurden als Nahrung für Feuer. Nachfolgende Bomber warfen unzählige Phosphorbomben darüber ab, die eine Vielzahl von Bränden erzeugten. Menschen, die sich auf Straßen hatten retten können, starben nun an Sauerstoffmangel, weil ringsherum alles brannte. Jetzt wussten wir, was ein Feuersturm war.

Nach der Entwarnung schalteten wir sofort den Rundfunk ein. Wir erfuhren, dass Dresden bombardiert worden war. Überall war bekannt, dass die Eroberung Deutschlands bald erfolgen werde, warum mussten dann noch unsere alten historisch wertvollen Städte total zertrümmert werden, wie nun auch noch unser Elbflorenz? Ein alter Mann meinte, Präsidenten von Demokratien führten Kriege genauso grausam gegen Zivilisten wie Diktatoren.

Frontstadt Dahme

Anfang April befanden sich im Flüchtlingstreck, der weiterhin ohne Unterbrechung durch Dahme zog, auch Fußgänger mit Handwagen. Aus Schlesien konnten sie wohl nicht gekommen sein. Die Front näherte sich also deutlich. Plötzlich kamen drei deutsche Panzer daher, auf denen sich Verwundete befanden. Sie fuhren so schnell es eben ging an den Fußgängern vorbei Richtung Jüterbog.

In Dahme gab es ein Kieferlazarett, ein angesehener Kieferchirurg operierte dort. Das Lazarett war immer voll belegt. Als nun die Front näher rückte, musste in einer früheren Internatsschule ein Feldlazarett eingerichtet werden. Auf dem Sportplatz neben der Schule landeten Fieseler Störche, sie hatten immer nur zwei Schwerverletzte dabei, weil in den Kleinflugzeugen nur zwei Tragen Platz hatten.

Das Feldlazarett war wohl bald überfüllt, denn ein Verlegungsstreck war zusammengestellt worden: Traktoren zogen Leiter- und Plattenwagen, die mit Stroh ausgelegt worden waren. Transportfähige Verwundete lagen auf dem Stroh, sie waren nur mit einer Wolldecke überdeckt worden. Viele hielten mit beiden Händen ihren Kopf etwas hoch, als die meist ungefederten Wagen über das Kopfsteinpflaster einer Nebenstraße an unserem Wohnhaus langsam vorbeirumpelten. Wie weit hat wohl dieser Treck im Dreißigkilometertempo fahren müssen bis zur nächsten Unterbringung?

Ab 19. April 1945 zogen plötzlich überhaupt keine Pferdewagen mehr durch Dahme, sondern nur noch Fußgänger, die es anscheinend sehr eilig hatten. Am 20. April gab es keine Fliehenden mehr, die Hauptstraße war gespenstig leer. Es war so unheimlich, dass die meisten Einwohner zu Hause blieben. Als ich dann doch noch mal auf die Straße ging, hastete eine Radfahrerin an mir vorbei, sie rief mir zu, ich solle sofort nach Hause gehen, in Rosenthal seien schon die Russen. Das Dorf Rosenthal ist 3 km von Dahme entfernt, es liegt an der Straße, die in Richtung Osten nach Luckau führt. Ich eilte nach Hause, auch um mitzuteilen, dass die Rote Armee bereits in Rosenthal sei.

Einmarsch der Roten Armee

Am 20. April hatte sich in der Stadt herumgesprochen, dass die Panzersperre auf der Straße Richtung Rosenthal und Luckau geschlossen worden sei. Bedauernswerte Volkssturmleute mussten befehlsgemäß mit Panzerfäusten bewaffnet im Straßengraben daneben liegen. Als dann die ersten T34-Panzer daher gerasselt kamen, rannten die Volkssturmmänner über eine angrenzende Wiese davon. Einer von ihnen, ein kurzbeiniger, rundlicher Bauer, lief keuchend mit immer größer werdendem Abstand hinter den anderen her. Als Panzer hinter den Fliehenden herschossen, verletzten sie den Bauern tödlich, die anderen hatten sich gerade noch in Deckung bringen können. Die Panzersperre war innerhalb von wenigen Minuten beseitigt worden, der Vormarsch ging weiter.

Wahnsinnstat und Vergeltung

Kurz zuvor hatte sich am Stadtrand, östlich der Panzersperre, ein tragischer Vorfall ereignet. In einem villenartigen Haus wohnte ein Blockwart, ein fanatischer, engstirniger Mann, der den Nazis seine Karriere zu verdanken hatte und stets in Parteiuniform zu sehen war. Die Bevölkerung nannte ihn spöttisch »Goldfasan«. Er war nicht, wie die meisten Nazis, nach dem Westen geflohen, dafür hatte er sich eine besondere »Heldentat« ausgedacht: In voller Parteiuniform trat er einem jungen Sowjetsoldaten entgegen, der das Grundstück betrat und erschoss ihn. Dafür wurde er ebenfalls getötet.

Daraufhin suchten Rotarmisten in den umliegenden Häusern nach Männern, an denen sie sich rächen sollten. In einer naheliegenden Gärtnerei trafen sie auf einen alten Gärtner und dessen kriegsinvaliden Sohn, beide mussten an einem Tisch Platz nehmen, die Russen setzten sich dazu. Der alte Mann holte noch schnell etwas zum Trinken und bewirtete die Soldaten. Nachdem man gemeinsam etwas getrunken hatte und versucht hatte, sich durch Gesten zu verständigen, sprangen die Russen plötzlich auf und schossen die beiden Männer nieder. Die junge

Gärtnersfrau hatte die Schüsse vernommen, sie eilte herbei. Die Russen hatten den Raum bereits verlassen, ihr Mann lag tot am Boden, der Schwiegervater war schwerverletzt, er konnte ihr noch kurz den Hergang der Tat schildern bevor auch er verstarb. Die Frau stand nun mit kleinen Kindern allein da. Die Tat der Russen war eine Vergeltungsmaßnahme für die Wahnsinnstat eines Nazis.

Besetzung der Stadt

Kurz bevor die Panzer in die Innenstadt einfuhren, donnerten mehrere Flugzeuge im Tiefflug über die Häuser der Stadt und belegten die verlassene Hauptstraße mit Geschosssalven. Da die Kleinstadt nicht verteidigt werden sollte, gab es keine Gegenwehr. Die Schießerei hörte auch bald auf. Kurz danach traute ich mich vor die Haustür, um von unserer Seitenstraße aus die Hauptstraße zu beobachten. Da sah ich Panzer auf Panzer über die Fahrbahn rollen und Soldaten daneben herlaufen, die keine deutschen Uniformen trugen. Ich rannte in den Keller und schilderte, was ich gesehen hatte. Man wollte mir nicht glauben, dass es sich schon um russische Soldaten handeln könnte. Also ging ich wieder vor die Haustür, um nochmals nachzusehen. Plötzlich kam ein Jeep auf unserer Straße angerast, zwei russische Soldaten saßen darin und der Nebensitzer hob den Arm zum Faustgruß als er mich sah. Zwei Häuser weiter bogen sie rechts ab und belegten die Nebenstraße sofort mit einer Geschosssalve. Es blieb aber alles ruhig, weil es keine Verteidiger gab. Die Rote Armee konnte die ganze Stadt kampflos einnehmen.

Während der Besetzung der Stadt hatten wir zuerst ein ganz gutes Gefühl: Die Fronttruppen schienen straff geführt zu sein. Es gab keine Klauereien oder Vergewaltigungen. Viele Bewohner gingen nun auf die Straße, sie sahen aus der Ferne dem Durchmarsch der Panzer auf der Hauptstraße Richtung Jüterbog zu. Zwei leicht verletzte Landser aus dem Feldlazarett gesellten sich hinzu, sie berichteten, dass Rotarmisten die Krankenzimmer friedlich abgesucht hätten und dabei an einige Verwundete sogar Zigaretten verschenkten.

Das mag damit zusammenhängen, dass Fronttruppen in einer besonderen Anspannung sind, da geht es um Töten oder Getötetwerden. Sie müssen ans Überleben denken, da haben Gedanken an Beute und Frauen wohl keinen Platz im Kopf.

Etappensoldaten

Der gute Eindruck, den diese Fronttruppen hinterließen, war jedoch von kurzer Dauer. Am Abend trafen Etappensoldaten ein und die gingen sofort an die »Arbeit«. Die Straße, in der ich damals wohnte, öffnete sich einige Häuser weiter südwärts linker Hand zu einem Marktplatz, während die rechte geschlossene Häuserzeile am Marktplatz vorbei bis zur Hauptstraße führte. In dieser rechten Häuserzeile befand sich in Höhe des Marktplatzes ein dreifenstriges Lebensmittelgeschäft. Die Besitzerin war eine alte muffige Witwe. Die schlecht dekorierten, mit vielen Attrappen versehenen Schaufenster des Ladens wirkten wie ein Magnet auf beutegierige Rotarmisten. Sie ballerten mit aller Gewalt gegen die verschlossene Ladentür. Weil diese nicht im Moment geöffnet wurde, schlug man die Schaufensterscheiben kurz und klein und verschaffte sich auf diese Weise schnellstmöglich Zugang zu den Ladenräumen. Dann begann die Jagd auf den Inhalt von Regalen und Schubkästen. Was nicht von Interesse war, flog auf den Fußboden und wurde dort durcheinander getrampelt. Mehl, Zucker, Salz, Erbsen, Linsen, Nudeln, Bohnen…..vermischten sich dort mit Glassplittern und dem Inhalt von Essig- und Maggyflaschen. In dieses Durcheinander ergoss sich dann noch Magermilch aus Molkereikannen, die irgendjemand mutwillig umgestoßen hatte. Nachdem der Laden gefilzt und verwüstet worden war, kamen die anderen Räume des Geschäftshauses an die Reihe. Im Keller wurde gehorteter Schnaps entdeckt, da ging die Sauferei los. Angetrunken dehnten die Rotarmisten dann ihre Beutezüge auf die darüberliegenden Wohnungen aus.

In der ersten Nacht waren fast alle Geschäfte zu Bruch gegangen, ganz egal, ob es sich um eine Drogerie, Samenhandlung, Metzgerei, Bäckerei, ein Schuhgeschäft oder einen Stoffladen handelte. Kaum eine Schaufensterscheibe blieb heil. Anschließend setzte der Ansturm auf deutsche Wohnhäuser ein. Es gab wohl kein Haus, das nicht ungebetene »Gäste« hatte. Dann wurden Schränke durchwühlt. Alles, was gefiel, musste hergegeben werden und das waren vor allem Armbanduhren. Jeder Eigentümer musste bei der Aufforderung Uri, Uri seine Uhr hergeben. Manche Russen hatten schon mehrere Uris am Arm und hatten noch nicht genug.

Umzug zu Bekannten

Als wir nun mitbekamen, was die russischen Trupps, die bis abends spät durch die Straßen zogen, alles anstellten, sind wir am nächsten Morgen in aller Frühe, als Beuterussen noch nicht unterwegs waren, zu Bekannten, die in unserer Nähe wohnten, mit etwas Gepäck umgezogen. In ihrem großen Haus waren auch schon zwei Flüchtlingsfamilien aus Ostdeutschland untergekommen. Das Haus war voll bewohnt und wir fühlten uns dort sicherer, als allein in unserer kleinen Wohnung.

An dem Haus der Bekannten waren die Füllungen in der Haustür schon eingetreten. Nun stand die Tür ständig offen.Tag und Nacht, bis ca. zwei Uhr nachts liefen Trupps russischer Soldaten durch das Haus. Das Gepäck, das wir von zu Hause mitgebracht hatten, war schon verschwunden und niemand von den Hausbewohnern besaß noch eine Uhr.

Tagsüber saßen wir alle in einem großen Raum im Erdgeschoß zusammen. Es waren schon zwischen uns zwei jüngere Frauen herausgeholt worden, die Russen hatten befohlen: »Frau komm« und packten sie am Arm. Sie mussten mitgehen und kamen weinend zurück. So passierte es mehrmals. Die Erwachsenen waren schon froh, dass zwei Mädchen, die vierzehn Jahre alt waren und zwischen uns saßen, in Ruhe gelassen wurden.

In der Runde wurde beschlossen, dass wir uns alle in eine kleine Mansarde neben dem Dachboden zurückziehen, weil Russen bis dahin nur die beiden bewohnten Stockwerke durchsucht hatten. Dort waren wir mäuschenstill, sowie wir Trupps ins Haus kommen hörten. Dann hatten wir doch noch Pech. Plötzlich standen mehrere Russen vor der geöffneten Mansardentür. Sie redeten laut auf uns ein, wir verstanden aber nicht, was sie wollten. Sie holten einen Offizier, zu erkennen an der Schirmmütze und Behaarung des Kopfes. Die einfachen Soldaten hatten kahlgeschorene Schädel und ein Schiffchen als Kopfbedeckung.
Der Offizier hatte einen Dolmetscher mitgebracht. Uns wurde mitgeteilt, dass wir unter dem Verdacht stünden, eine Verschwörung zu veranstalten. Wir sollten sofort den Raum verlassen und uns im Haus verteilen, sonst würden wir verhaftet.

Da haben wir uns schnell wieder nach unten in den großen Wohnraum begeben. Jetzt konnten die herumziehenden Rotarmisten wieder jeden von uns begutachten und sich Frauen aussuchen. Seit zwei Tagen hatten wir schon nichts mehr gegessen, wir hatten auch vor Anspannung gar keinen Hunger. Da die Wasserleitung noch funktionierte, hatten wir wenigstens Wasser gegen den Durst.

Sowjetischer Major

Als wieder einmal ein Trupp russischer Soldaten durch den Vorgarten zu unserer Bleibe lief, folgte ihnen langsam ein hochgewachsener schon etwas älterer Offizier. Die Soldaten betraten unseren Raum und waren gerade dabei, Frauen mit »Frau komm« für sich auszusuchen. Da kam der Major hinzu und forderte sie auf ihm ihre Ausweise zu zeigen. Wir sahen erstaunt zu, wie jeder von ihnen ein dünnes Holzplättchen aus der Hosentasche zog, auf dem der Ausweis festgeklebt war.

Der Major notierte sich die Namen und schickte die Soldaten fort. Anschließend sprach er uns in Englisch an. Frauen schilderten ihm ihr Elend, manche waren schon mehrfach vergewaltigt worden. Der Major war gar nicht verwundert, er wusste was da läuft. Er versprach in jeder Freizeit zu uns zu kommen, um uns zu schützen. Während wir mit ihm sprachen, war schon wieder ein Trupp eingetroffen, auch sie mussten sich ausweisen und wurden notiert. Dann setzte sich der Major ans Klavier und spielte großartig. Er war Pianist, das hatten wir sofort bemerkt. Als erneut russische Soldaten hereinkamen, zeigten wir nur auf den klavierspielenden Major, da verschwanden sie schnell wieder. Als dann der Major das Klavier verließ, setzte sich eine der älteren Damen an das

Instrument und spielte ebenfalls, allerdings nicht so gekonnt wie der Russe. Er blieb noch ca. zwei Stunden und die Erwachsenen versuchten, ihn so gut wie möglich zu unterhalten, damit er nicht zu schnell wieder gehen würde. Als er uns dann verließ. versprach er am nächsten Tag ebenfalls in seiner Freizeit wiederzukommen.

Heimsuchungen

Zwischenzeitlich erlebten wir erneut Heimsuchungen durch etliche streunende russische Soldaten, wie schon gehabt. Nachts schliefen sechs Mädchen, die beiden Ältesten waren vierzehn Jahre alt, das Jüngste fünf, in einem kleinen Zimmer mit zwei Betten am Ende eines langen, schmalen Flures. Vor der Tür zum Mädchenzimmer befanden sich rechts und links je eine Tür zu Nachbarräumen. Diese beiden Türen wurden weit offen gehalten, damit die dahinterliegende Tür zum Mädchenzimmer verdeckt war. Meist klappte es wie erwünscht, russische Trupps durchsuchten nur die Nebenzimmer, sie entdeckten nicht die dahinterliegende Tür zum Mädchenzimmer Es kam aber auch vor, dass Russen die Tür zum Mädchenzimmer fanden und hinein gingen. Sofort liefen alle Erwachsenen hinterher, damit das kleine Zimmer knallvoll wurde und Rotarmisten sich doch wohl schämten, vor den vielen anwesenden Erwachsenen an den Mädchen zu hantieren, das klappte immer.

In einem der Nebenräume schlief ein elfjähriger Junge. Ihm wurde manchmal sogar die Bettdecke weggezogen um nachzusehen, ob es sich wirklich um einen Jungen handelte. Mädchen waren immer in Gefahr, weil viele Russen vor allem abends total besoffen waren. Viele Mütter schnitten daher ihren kleinen Töchtern die Haare ab, sie verpassten ihnen eine Jungenfrisur. Schuld an dem Besäufnis russischer Soldaten hatten auch profithungrige Besitzer von Lebensmittelläden und Drogerien, die hochprozentige alkoholische Getränke in ihren Kellern gehortet hatten in der Hoffnung, nach dem Krieg einmal gut an den Alkoholika verdienen zu können. Jetzt machten sich russische Soldaten darüber her und die Bevölkerung musste darunter leiden.

Rückkehr in die eigene Wohnung

Am 23. April, also drei Tage nach dem Einmarsch der Roten Armee, wollten wir doch wieder in unsere kleine Wohnung zurückkehren. Wir hatten seit drei Tagen nichts gegessen und in unserer Wohnung gab es noch Puddingpulver und auch Feuerholz für den Herd. Wir hatten festgestellt, dass nachts zwischen vier und fünf Uhr kaum Beute-Trupps unterwegs waren, also fassten wir den Entschluss, am nächsten Tag in aller Frühe nach Hause zu gehen. Wir hatten kein Gepäck mehr, alles war geklaut worden. Mit leeren Händen kehrten wir zurück. In unserer kleinen Wohnung (ein Zimmer, zwei Kammern, eine Küche, keine Badestube oder Toilette) im dritten Stock war nichts abhanden gekommen. Was wertvoll war, hatten wir im Gepäck mitgenommen. Die kleine Wohnung war wohl auch uninteressant, weil niemand vorhanden war, dem man Uris hätte abnehmen können und vor allem Frauen gab es dort nicht. Trotzdem müssen in dem Haus schlimme Dinge passiert sein. Zwei ältere Damen im zweiten Stock nahmen sich das Leben.

Zu Hause haben wir zuerst etwas gegen den Hunger getan. Wir kochten Wasserpudding, anfangs mit Zucker, als dann der Zucker verbraucht war, aßen wir ungesüßten Wasserpudding, Hunger ist der beste Koch!

Nur wenige Stunden waren wir wieder zu Hause, als in unserer Straße Räumkommandos unterwegs waren. Es handelte sich um Soldaten mit Armbinden, die auf Quartiersuche für Armeeangehörige waren. Unser Wohnhaus und das Nachbarhaus wurden begutachtet. Wir befürchteten schon, dass wir nun auch noch die Wohnung hergeben müssten. Die Russen entschieden sich aber für das Nachbarhaus, weil es größer war und eine Badestube hatte. Bei uns wohnte danach mehrere Tage eine Wöchnerin aus dem Nebenhaus mit ihrem zwei Tage alten Säugling. Die junge Frau erzählte uns, wie sie sich noch bis kurz vor der Entbindung hatte in Sicherheit bringen müssen. Ein Russe wollte sie vergewaltigen, da war ihre Mutter dazwischen gegangen und hatte ihn auf sich abgelenkt. Daraufhin entschieden die Frauen, dass die Hochschwangere, wenn wieder Russen ins Haus kämen, fliehen müsse, während ihre Mutter versuchte, Vergewaltiger zu bedienen. Die Mutter empfing daraufhin suchende Russen gleich im Hausflur, da sie noch nicht alt wirkte, konnte sie das Interesse der Vergewaltiger auf sich lenken, die Tochter hatte dann Zeit zur Flucht. Hinter dem Haus stieg die Schwangere nacheinander auf zwei Zäune zu fremden Grundstücken, sie ließ sich auf der anderen Seite eines jeden Zaunes auf den Rücken fallen. Danach verkroch sie sich in einem halbzerfallenen Geräteschuppen. Am frühen Morgen des anderen Tages holte die besorgte Mutter ihre Tochter mit Hilfe von Nachbarn wieder ins Haus. Die Wehen hatten schon eingesetzt. Das Kind war gerade erst geboren, als sich schon wieder ein Russe über sie hermachen wollte. Die Mutter zeigte ihm blutige Wäsche und opferte sich wiederum für ihre Tochter. Die junge Frau war wegen dieser Vorkommnisse noch sehr geschockt, freute sich aber, dass ihrer neugeborenen Tochter nichts passiert war.

Selbstmorde in unserem Haus

Am gleichen Tag geschah noch etwas Merkwürdiges: In der Wohnung unter uns wohnten zwei ältere Damen. Sie hatten einen alten Mann aus dem Nachbarhaus, das für Russen geräumt werden musste, eine Kammer neben der Küche überlassen. Mittags ging der Untermieter in die Küche, um sich Wasser zu holen. Plötzlich vernahm er durch eine Tür, die zur Wohnstube der Damen führte, seltsame Geräusche. Beim näheren Hinhören, entpuppten sie sich als röchelnde Laute. Die Tür war verschlossen. Hausbewohner wurden herbei geholt, man horchte gemeinsam und kam zu der Erkenntnis, dass es sich um das Röcheln Sterbender handelte. Hilfe war aussichtslos! Kein Deutscher traute sich in jener Zeit auf die Straße, wie sollte man einen Arzt herbeischaffen? Falls dies wider Erwarten doch gelingen sollte, was konnte ärztliche Hilfe noch bewirken? Könnte man das Leben der Damen noch retten? Man würde höchstwahrscheinlich den Todeskampf nur verlängern und damit verschlimmern. Eine der Frauen war Krankenschwester gewesen, man konnte davon ausgehen, dass sie sich auskannte und ein schnell wirkendes Gift verwendet hatte. Man ließ die Frauen, so wie sie es sich gewünscht hatten, unbehelligt sterben. Als das Röcheln verstummt war, wusste man nicht, wie man die Toten aus dem Haus schaffen sollte. Sowjetische Quartiermacher waren seit Tagen auf Wohnungssuche, ganze Häuser mussten weiterhin von den Bewohnern geräumt werden. Man konnte zur Zeit nicht wagen, die Toten vorn oder hinten aus dem Haus zu tragen. Würden Quartiermacher diesen Vorgang beobachten, müssten wir damit rechnen, dass sie sofort im Haus wären, weil sie frei werdenden Wohnraum vermuteten.

Man beschloss daher, die Toten vorerst liegen zu lassen. Die Zimmertür wurde geöffnet, man zog die Vorhänge zu, damit die Sonne das in Südrichtung liegende Zimmer nicht noch erwärmte. Zwei Schnapsgläser wurden vom Tisch entfernt. Die Damen hatten anscheinend das Gift mit Schnaps vermischt zu sich genommen. Die Toten lagen in ihren Betten, sie hatten in Erwartung des Todes ihre Hände über dem Bauch gefaltet. Die Zimmertür blieb unverschlossen, weil Plünderer sowieso jede verschlossene Tür gewaltsam öffneten.

Nach drei Tagen gewann man den Eindruck, dass das Quartiermachen weitgehend beendet sei. Einer der Hausbewohner traute sich auf die Straße, er besorgte einen von Hand ziehbaren Wagen, zwei sarggroße Bretterkisten und einen Helfer, das war der uns gegenüber wohnende Leichenwäscher, vor dem wir uns wegen seines Berufes immer fürchteten. Die Kisten wurden im Hausflur abgesetzt. Den inzwischen stark verfärbten Toten wurden die Bettdecken entfernt. Je ein Mann erfasste zwei Lakenzipfel. Zu zweit trugen sie die Toten eiligst treppab. Beim Heruntertragen ragten aus den straff gespannten Bettlaken die schwarzblau verfärbten, gefalteten Hände heraus. Etwa fünf Minuten später standen die Bretterkisten bereits auf dem Wagen. Die Haustür konnte sofort wieder verriegelt werden. Der Wagen entfernte sich über das Kopfsteinpflaster rumpelnd in Richtung Stadtfriedhof. Die beiden Männer mussten dann noch die Gruben ausheben und die Toten der Erde übergeben.

Kurze Zeit nach dem Abtransport der Leichen überließ man die kleine Wohnung einer in der Nähe zusammengepfercht wohnenden mehrköpfigen Flüchtlingsfamilie aus Schlesien. Die neuen Bewohner freuten sich riesig, dass sie nun Bettwäsche, Handtücher, Geschirr und Besteck hatten.

Makabre Friedhofsbesuche

Stadtbewohner, die von den Fenstern ihrer Häuser auf den Friedhof blicken konnten, entdeckten dort ein eigenartiges Treiben: Rotarmisten öffneten mit allen möglichen Werkzeugen Grüfte und verschwanden für eine Weile in ihnen. Meist dröhnten anschließend dumpfe Schläge gespenstisch aus der Tiefe herüber. Wenn sie dann nach einiger Zeit wieder an der Oberfläche erschienen, fiel auf, dass sie ein Beutelchen dabei hatten.

Zuvor hatte man vermutet, dass Grüfte für verstorbene Sowjetsoldaten freigemacht werden sollten. Dem war wohl nicht so. Jetzt interessierte man sich für den Inhalt der Beutelchen. Was die Soldaten nach ihrem Abstieg mit an die Oberfläche brachten, wurde also in kleinen Beuteln gesammelt. Erstaunt verfolgten Anwohner das eigenartige Treiben, ohne recht zu begreifen, was dort vor sich ging, denn es war schließlich nicht üblich, Tote mit ihrem Schmuck zu bestatten wie Könige früherer Jahrhunderte. Dann lüftete sich aber doch das Geheimnis. Ein Anwohner beobachtete, wie ein Rotarmist aus einer Gruft stieg und einen Totenschädel in der Hand hielt. Er zertrümmerte die Kiefer mit einem Hammer und steckte ein paar Zähne in seinen Beutel. Den Rest des Schädels ließ er achtlos liegen. Jetzt dämmerte es dem Zuschauer. Man entfernte Goldzähne aus den Kieferknochen Verstorbener.
Das Treiben wurde noch einige Tage fortgesetzt, bis auch die letzte Gruft aufgebrochen und geplündert war. Als dann diese Rotarmisten ihre »Arbeit« auf dem Friedhof beendet hatten, trauten sich Angehörige wieder dorthin, um Grüfte ihrer Familien womöglich in Ordnung zu bringen. Dabei war es oft

nicht ganz leicht zu entscheiden, zu welcher der Grüfte herumliegende Schädeltrümmer gehörten.

Fanatiker

Manche »überzeugte« Deutsche hatten in naivem und blindem Vertrauen Anweisungen der Nazis befolgt. Sie hatten unkritisch alles gut geheißen, was Nazis bewerkstelligten. Es gab aber auch Deutsche, die die Naziherrschaft ablehnten. Sie hatten meist gleichgesinnte Freunde und Bekannte, mit denen sie sich über ihre Einstellung zum Regime verständigten und sich vor allem vor ihnen bekannten Anhängern des Regimes warnten. Kindern aus nazikritischen Familien wurde schon frühzeitig erklärt, dass es gefährlich werden kann, wenn sie erzählen, was zu Hause gesprochen wird. Viele Eltern mögen damals gebangt haben, dass sich ihre Kinder irgendwo unvorsichtig äußern oder gar ausfragen lassen.

Vermutlich gab es damals kaum eine unpolitische Familie. Die Geschehnisse dieser Zeit zwangen jeden zu einer Stellungnahme für oder gegen das Regime. Meines Erachtens war die Mehrheit der Bevölkerung schon während des Krieges nicht mehr von Hitlers Kriegsführungen überzeugt. Hitler war vor allem wegen der schmachvollen Versailler Verträge und der Bolschewismusfurcht des Bürgertums gewählt worden. Die Bolschewisten hatten wohl aus dem Zarenschatz einen Aufstand in Mitteldeutschland finanziert, der dann von der KPD-Führung im März 1921 ausgelöst wurde. Ziel war eine Revolution nach sowjetischem Vorbild: Sturz der Reichsregierung und Durchsetzung der Diktatur des Proletariats.

Es kam damals in vielen Städten zu Massenstreiks und bewaffneten Aufständen, die bekämpft wurden durch Reichswehr, Polizei und SA. Nach diesen revolutionären Unruhen mit

Toten sahen viele Hitler als das kleinere Übel an und haben ihn gewählt, nicht ahnend, dass er sich zum Diktator machen konnte und dann auch noch einen Krieg vom Zaun brechen werde. Fanatiker allerdings waren immer begeistert und an eine Niederlage im Krieg glaubten sie auch dann noch nicht, als die gegnerischen Armeen bereits auf deutschem Boden standen.

Die Propaganda hatte ja verkündet, dass dieser Zustand nur vorübergehend sei. Niemand schien ihren Glauben erschüttern zu können. Wer das versuchte, um ihnen zu einer realistischeren Beurteilung der Lage zu verhelfen, wurde oft noch als Lügner, Zersetzer und Staatsfeind beschimpft. Der Gutmeinende musste froh sein, wenn er nicht auch noch denunziert wurde.

Als sich nun die Rote Armee ostdeutschen Heimatorten näherte, glaubten derartig »Verrannte« natürlich den verlogenen Anweisungen der Partei, dass es besser wäre, wenn sie vorübergehend ihren Wohnort verlassen würden, die Frontlage sei nicht aussichtslos, sie würden bald wieder zu Hause sein können. Das leuchtete diesen Menschen ein nach dem Motto: Es ist nicht wahr, was nicht wahr sein darf. Man »verreiste« nur mit kleinem Gepäck in benachbarte Orte, ließ wichtige Dokumente und auch Wertgegenstände zu Hause. Diese Vorkommnisse wiederholten sich im nächsten Ort. Betroffene gelangten in mehreren Etappen immer weiter nach Westen, entfernten sich also immer weiter von ihren Heimatorten – wobei ihr Vertrauen mehr oder weniger abnahm. Zwangsläufig kam dann selbst für Vertrauensfanatiker die »Erleuchtung« manchmal erst in dem Moment, in dem man von gegnerischen Truppen überrascht wurde, weil man zum Beispiel zu lange in einem gefährdeten Ort verweilte.

So erging es auch einigen früheren Hitler-Bewunderern in unserer Kleinstadt. Während diejenigen, die sukzessive klarsichtiger wurden, noch eine gewisse zeitliche Anpassung durchmachten, überfiel die anderen die Erkenntnis des Regime-Zusammenbruchs plötzlich und brutal. Viele erlebten dadurch einen seelischen Zusammenbruch, der noch dadurch verstärkt wurde, dass sich Angst vor der Zukunft dazu gesellte. Angst, zum Beispiel weil man ein Nazi-Getreuer gewesen war, der gewisse politische Funktionen ausgeübt hatte und jetzt zur Rechenschaft gezogen werden könnte. Manche von ihnen beendeten ihr Leben durch Selbstmord.

Selbstmorde

An einige Fälle erinnere ich mich noch genau: In einem großen um die Ecke gebauten Mietshaus am Rande der Stadt, vor dem gleich mehrere dicht gewachsene Kastanienbäume standen und dessen Treppenhaus, Gänge und Zimmer deshalb immer vom Schatten verdunkelt waren, wohnte eine ältere Dame in einer kleinen Wohnung unter dem Dach. Bei ihr war ganz plötzlich weitläufige Verwandtschaft eingetroffen – ein Ehepaar mit Tochter, die sich auf der Flucht vor der Roten Armee befanden. Die Familie beabsichtigte sich nur kurz auszuruhen, mal wieder zu waschen und einige Sachen zu richten. Die Flucht sollte baldmöglichst fortgesetzt werden. Da geschah unerwartet der Einmarsch der Roten Armee. Von den Fenstern der Mansardenwohnung aus war die Hauptstraße einsehbar, Panzer und auch Lastwagen amerikanischer Bauart rollten auf ihr in die Stadt. Während die alte Dame noch aus dem Fenster sah, hörte sie in ihrer Wohnung drei Schüsse. Zurückgeeilt fand sie ihre Verwandten erschossen vor. Sie lagen auf ihrem wertvollen Perserteppich im Wohnzimmer. Riesige Blutlachen kennzeichneten die Stellen des Einschusses – Kopfschüsse! Vor Entsetzen gelähmt registrierte sie im Moment gar nicht, dass andere Hausbewohner ebenfalls, alarmiert durch die Schüsse, herbeigeeilt waren. Sie kamen, um dem »Verrückten« die Pistole wegzunehmen, der ausgerechnet jetzt herumballerte und dadurch die Sowjetsoldaten veranlassen könnte, das Haus unter Beschuss zu nehmen. Die alte Dame erwachte erst aus ihrer Erstarrung, als sie den Hausverwalter, der im ersten Weltkrieg Soldat gewesen war, sagen hörte: »Die Leichen in den Teppich wickeln und schnell mit ihnen zur Mistgrube hinter dem Haus. Mist und Kompost zur Seite schaufeln, den Teppich mit den Leichen ablegen und anschließend alles gut abdecken. Im Moment marschieren noch die Fronttruppen ein, nach ihnen kommt die Etappe, vor ihnen hält man am besten die Haustüren verschlossen. Wir können die Leichen nicht im Haus behalten. An eine Beerdigung auf dem Friedhof ist vorerst nicht zu denken!« Das war dann ein makabrer Anblick, wie beherzte Hausbewohner die grausige Fracht in den Hinterhof verbrachten, während andere schon die Grube leer schaufelten. Schnell war der Teppich in die Mistgrube abgesenkt und mit dem Aushub abgedeckt worden.

Etwa drei Monate später wurde dann doch an eine Beerdigung der Toten auf dem Stadtfriedhof gedacht, denn die Geruchsbelästigung war unerträglich geworden. Die Hausbewohner drängten zur Eile. Die Leichen wurden gleich an der Mistgrube eingesargt, der Teppich blieb zurück. Nach großer Überwindung ging die alte Dame an die unangenehme und mühevolle Reinigung ihres wertvollen Teppichs, es blieben aber einige Schattierungen zurück. Sie soll den Teppich dann wieder in ihr Zimmer gelegt haben.

Eine andere Familie hatte sich ebenfalls entschlossen, nur kurzfristig in Dahme zu bleiben. Vor der geplanten Abreise kam es zur Besetzung der Stadt durch die Rote Armee mit allen den vielfältigen Heimsuchungen, denen deutsche Menschen ausgesetzt waren.

Vier Tage nach der Besetzung des Ortes entschloss sich die Familienmutter, das Haus kurzfristig zu verlassen, um zu versuchen, irgendetwas Essbares aufzutreiben. Zwei Töchter, ca. sieben und neun Jahre alt, und der vierzehnjährige Sohn blieben derweil beim Vater zurück. Als dann die Frau nach nur kurzzeitiger Abwesenheit zurückkehrte, hörte sie schon im Treppenhaus ihren Sohn nach ihr schreien. Sie stürzte ins Zimmer und begriff sofort, was vorging: Auf dem Boden lagen die Töchter in ihrem Blut, von dem Vater erschossen, der nun auch den Sohn töten wollte. Der Junge wehrte sich verzweifelt, er wollte nicht auf Wunsch des Vaters sterben. Die Frau schlug ihrem Mann die Pistole aus der Hand, sie entriss ihm den Jungen, der sofort aus dem Zimmer stürzte, um sich in Sicherheit zu bringen. Zwischen den Eheleuten kam es zu einer kurzen heftigen Auseinandersetzung, vermutlich weil der Mann seine Frau vollständig in Unwissenheit darüber gehalten hatte, dass er den Selbstmord der Familie plante. Er hatte sie durch den Tod der Kinder vor vollendete Tatsachen stellen wollen und auch damit gerechnet, dass sie beim Anblick ihrer toten Kinder auch einer Selbsttötung zustimmen würde, was für ein grausames Kalkül! Da der Sohn davongelaufen war, er nicht allein zurückgelassen werden konnte, war der Mann einverstanden, dass seine Frau zur Versorgung des Sohnes am Leben bleiben wollte. Die Frau verließ die Wohnung. Kurz darauf fiel der erwartete Schuss.

Irgendwann trafen wir mit Bekannten die Mutter mit ihren Sohn. Die Mutter wirkte bedrückt. Sie war auch oft an den Gräbern ihrer Töchter zu sehen. Der Sohn war sehr aufgeweckt und redselig, wirkte gar nicht betrübt. Es ist anzunehmen, dass er erleichtert war, mit seiner Mutter noch am Leben zu sein. Mutter und Sohn verließen bald den Ort, sie gingen nach Westdeutschland.

Einige Wochen nach dem Einmarsch der Roten Armee fand ein Bauer nicht weit von einem Waldrand entfernt vier stark verweste Leichen, zwei Erwachsene und zwei Kinder. Ausweise gaben ihre Identität preis: Familie W. Es handelte sich um einen meiner Klassenkameraden und seine Familienangehörigen. Der Bauer holte Helfer aus dem Dorf. Man begrub die Toten in einer Sandkuhle neben einem schmal aufsteigenden Waldweg. Wie Bekannte der Toten berichteten, hatte der Familienvater eine Pistole in seiner Beinprothese versteckt, für alle Fälle, wie er sich mehrdeutig geäußert hatte. Plötzlich war dann die Familie verschwunden, sie hatte erst ein halbes Jahr in Dahme gewohnt.

Als dann der große Hunger kam, weil sich die Rote Armee vollständig aus den besetzten Gebieten ernährte und nicht wie die Amerikanern ihre Lebensmittel weitgehend mitbrachte, sammelten viele Städter im Juli Heidelbeeren. Freunde und Bekannte verabredeten sich zum Heidelbeerpflücken. Der Weg zu den Heidelbeergebieten führte an einer Sandkuhle vorbei. Eine der Sammlerinnen erzählte das Geheimnis der Kuhle, als wir uns darüber wunderten, dass sich dort gleich mehrere Wühlgänge befanden. In dieser Kuhle war Familie W. von Bauern aus der Gegend beerdigt worden und Füchse versuchten nun an die Toten zu gelangen, die wohl in aller Eile nicht tief genug in die Erde gelegt worden waren. Wir stiegen von den Rädern und füllten die Gänge mit Sand und Steinen auf.

Am nördlichen Stadtrand zwischen einem vornehmen Damenstift für Seniorinnen und einer Schule befand sich eine mittelgroße Gärtnerei. Die Gärtnersleute lebten bereits mit einer kriegsverwitweten Tochter und deren zwei Kindern in ihrem rebenumrankten Häuschen zusammen, als eine weitere Tochter mit ihren Kindern als Flüchtling hinzuzog.

Nach dem Einmarsch der Sowjets beobachteten Nachbarn, dass in diesem kleinen Haus Trupps Beute und Abenteuer suchender Sowjetsoldaten Tag und Nacht besonders häufig ein- und ausgingen. Das Häuschen übte anscheinend auf die Soldaten eine besondere und unerklärliche Anziehungskraft aus. Bald waren Fensterscheiben zerschlagen. Die Haustür demoliert. Nachbarn eilten nie zu Hilfe, wozu auch? Kein Deutscher konnte damals einem anderen bei derartigen Situationen irgendwie helfen, ohne sein Leben in Gefahr zu bringen. Plötzlich wurde es in dem Häuschen über Nacht still. Eingedrungene Sowjets zogen sich schnell wieder zurück, bald kamen überhaupt keine Plünderer und Abenteurer mehr, es hatte sich unter den Soldaten anscheinend irgendetwas herumgesprochen.

Am nächsten Morgen taumelte eines der Kinder blass und mit Erbrochenem verschmiert aus dem Haus. Der Junge erreichte einen der Nachbarn, den er besonders gut kannte, und erzählte, dass die Mutter und die anderen Verwandten so eigenartig herumlägen und nicht reagierten. Der Anblick war dann auch für die Nachbarn grausam. Die Familie hatte sich vergiftet. Erwachsene und Kinder hatten grün verfärbte Gesichter. Der Junge hatte sich, kurz nachdem ihm die Mutter einen »Schlaftrunk« verabreicht hatte, heftig erbrochen. Anschließend war ihm hundsmiserabel gewesen, er legte sich ins Bett und schlief ein. Nachbarn nahmen den Jungen bei sich auf. Er wartete sehr auf die Wiederkehr seines Vaters, der irgendwo an der Ostfront eingesetzt war. Alle Nachforschungen über das Schicksal des Vaters blieben ergebnislos, er war vermisst.

Die Gärtnerei wurde später einer Flüchtlingsfamilie überlassen, die vor ihrer Flucht ebenfalls eine Gärtnerei betrieben hatte. Diese Familie nahm den Waisenjungen bei sich auf. Er machte Abitur und ging zum Studium an eine Universität. Kurz bevor ich die Gegend für immer verließ, besuchte ich noch einmal Freunde. Da traf ich zufällig den inzwischen jungen Mann auf der Straße, ich war erfreut, was aus ihm geworden war.

Man erfuhr auch, dass mehrere Einwohner der Stadt, die sich in irgendeiner Weise gegen unmenschliches Treiben der Besatzer zur Wehr gesetzt hatten, umgebracht worden waren. Nur einen ungefähr fünfzigjährigen Bauern hatte ich vom Sehen gekannt. Dieser Vater hatte seine zwanzigjährige Tochter vor Vergewaltigungen schützen wollen. Zur »Strafe« wurde er verprügelt und anschließend in seiner Scheune mit den Beinen nach oben aufgehängt Daneben wurde seine Tochter mehrfach vergewaltigt. Vor seinem Tode sollte er die Schändung seiner Tochter noch mitbekommen haben.

Erste Ordnung und Selbsthilfe

Drei Tage lang durften die Sieger jeweils nach der Besetzung eines Gebietes mit der Bevölkerung umgehen, wie es ihnen gerade in den Sinn kam. Deutsche Menschen waren vogelfrei. Diebstahl, Vergewaltigung, Verprügelung, auch Totschlag waren an der Tagesordnung.

Nach Ablauf dieser Dreitagesfrist ordnete der Stadtkommandant an, dass Streifen, bestehend jeweils aus zwei Soldaten, markiert mit einer roten Armbinde durch die Straßen der Stadt patrouillieren sollten, um die Einwohner vor weiteren Übergriffen zu schützen. Die Bevölkerung erkannte sofort, dass es für sie jetzt von Vorteil sei, eine neue Strategie anzuwenden. Bis dahin hatte man alle Haustüren offen gehalten, denn verschlossene Haustüren waren stets eingetreten worden. Jetzt aber wurden alle Hauseingänge verriegelt und möglichst noch durch Bretter verstärkt. Anfänglich versuchten noch Einlass begehrende Rotarmisten bis zu einer halben Stunde lang durch lautes Rauf- und Runterdrücken von Klinken, Bewohner zum Öffnen ihrer Haustüren zu bewegen.

Ängstlich verfolgten betroffene Bewohner das Rammeln bzw. »Rädern« an den Hauseingängen. Dann wusste man sich zu helfen: Es wurden Balken unterhalb der Klinken angebracht, ein Herunterdrücken war dadurch nicht mehr möglich. In den Erdgeschosswohnungen blieben die Rollläden an den Fenstern rund um die Uhr herabgelassen und festgesetzt.

Trotzdem versuchten noch Tag und Nacht beutehungrige Armeeangehörige irgendwie in Häuser einzudringen. Man wusste sich auch da zu helfen: Die Bewohner des betroffenen Hauses stürzten an Fenster in oberen Stockwerken und schrien lautstark um Hilfe. Bewohner der Nachbarhäuser schlossen sich an, ganze Straßenzüge – bis hin zur Kommandantur – brüllten, die Banditen flohen, sie wollten von Streifensoldaten nicht geschnappt werden. Denn Offiziere gingen, wie wir beobachten konnten, mit Mannschaftsgraden, zu erkennen am rasierten Schädel mit Schiffchen, manchmal nicht gerade zimperlich um. Ich habe gesehen, wie ein Offizier einen einfachen Soldaten auf der Straße, also in aller Öffentlichkeit, zusammenbrüllte und dabei mehrfach auf ihn eintrat.

Eine gewisse Ordnung kehrte allmählich wieder ein. Bewohner trauten sich tagsüber wieder auf die Straßen, schon weil sie zusehen mussten etwas Essbares aufzutreiben. Haustüren wurden kurz geöffnet, wenn kein Sowjetsoldat zu sehen war und man flitzte heraus. Freunde und Bekannte begegneten sich wieder. Jeder erzählte seine Erlebnisse der letzten Tage. Überall die gleichen Vorkommnisse bzw. Delikte.

Kampfhandlungen bei Baruth

Aus Richtung Baruth hörten wir um den 30. April intensiven Kampflärm und nahmen wahr, dass dort eine verheerende Schlacht stattfinden musste. Wir wussten aber nichts Genaues. Vor unserem Wohnhaus bemerkten wir plötzlich eine junge Frau mit einem Kind an der Hand. Wir gesellten uns zu der Gruppe, die um sie herumstand. Die Frau war abgemagert und verhärmt, sie hatte keinerlei Gepäck dabei. Ihr Flücht- lingstreck war bei Baruth in grauenhafte Kämpfe geraten als deutsche Soldaten einen Ausbruch aus dem Kessel von Halbe wagten und in Richtung Baruth vorstießen. Sie berichtete, dass die Auseinandersetzungen dort so grauenhaft waren, dass die Toten übereinander lagen, darunter viele Frauen und Kinder von Flüchtlingstrecks. Verwundete deutsche Soldaten und Zi- vilisten wurden liegen gelassen, weil sich niemand mehr um sie kümmern konnte.

Ein russischer Offizier hatte die Frau aufgegriffen und zu einem Fahrzeug gebracht, das eigene Verwundete wegfuhr. Sie wurde mitgenommen und in Dahme aus dem Fahrzeug gelassen. Dort stand sie dann in einem Sommerkleid mit dem Kind an der Hand auf der Straße. Bald war sie von Menschen umringt, ihr wurde auch eine Unterkunft angeboten, sie schüttelte nur den Kopf, sie wollte nur noch weiter weg von den grauenhaften Kämpfen, befürchtete sie doch, von diesen fürchterlichen Kampfhandlungen womöglich wieder eingeholt zu werden.

In Richtung Kommandantur ist sie dann weiter gelaufen. Wir hofften, dass sie eine Fahrgelegenheit gefunden hat.

Deutsche Kriegsgefangene

Aus dem Raum Baruth hatten wir, wie schon erwähnt, Kampfeslärm gehört. Deutsche Truppen, die aus dem Kessel von Halbe ausgebrochen waren, wurden um Baruth in heftige Kämpfe verwickelt. Dieser Ausbruchsversuch endete dann nördlich von Luckenwalde. Mehr als 19 000 Mann gerieten in russische Kriegsgefangenschaft.

Anfang Mai trafen Tausende deutscher Kriegsgefangener in Dahme ein, sie wurden in Seitenstraßen der Hauptstraße getrieben, hier standen sie nun Kopf an Kopf und die Bewacher konnten eine Kontaktaufnahme mit der deutschen Bevölkerung nicht verhindern. Überall öffneten sich die Haustüren, kein Zivilist betrat jedoch die Straße und mischte sich unter die Gefangenen. Nahrungsmittel und Getränke wurden herausgereicht. Man gab, was man noch hatte und wonach gefragt wurde. Übergab man einem Gefangenen ein Stück Brot, so zerbrach er es in Stücke und verteilte sie an Kameraden, meistens aß er selber erst das letzte Stückchen.

Die Gefangenen waren allgemein sehr diszipliniert. Nur ein sehr junger Mann unter ihnen bat inständig, ihn ins Haus zu lassen, damit er fliehen könne. Mehrere Hausbewohner lehnten seinen Wunsch ab und auch Kameraden redeten auf ihn ein. Es gab einfach zu viele Bewacher, er konnte nicht unbemerkt verschwinden. Man befürchtete Erschießungen als Strafe.

Die Gefangenen erhielten von der Bevölkerung Zettel und Stifte, damit möglichst jeder seinen Angehörigen ein Lebenszeichen übermitteln konnte. Eilig wurde die Heimatanschrift aufgeschrieben und eine persönliche Mitteilung hinzugefügt. An jeder Haustür wurden mehrere Zettel abgegeben. Nach ungefähr zweistündigem Aufenthalt kam plötzlich wieder Bewegung in die Gefangenenmenge, langsam leerte sich die Straße. Viele Menschen blieben an ihren Türen stehen und sahen den Männern wehmütig nach, bis der letzte um die Ecke verschwunden war. Die Anteilnahme der Bevölkerung war sehr groß, denn die allermeisten hatten Angehörige, die an der Front gewesen waren und über deren Verbleib sie nichts wussten.

Vermutlich hing diese Marschunterbrechung damit zusammen, dass die Hauptstraße, die nach Jüterbog führte, zeitweilig für den Transport von kriegswichtigem Material freigemacht werden musste. Hätte es bei einem Aufenthalt in freier Natur mehr Fluchtmöglichkeiten für Gefangene gegeben als in einer Stadt?

Die Zettel der Gefangenen mit den Nachrichten für ihre Angehörigen wurden sorgfältig aufbewahrt. Sie wurden abgeschrieben und als Kopien (mit Anschrift des Absenders) Reisenden mitgegeben, wenn man erfuhr, dass sie in eine Gegend kamen, in der auch Angehörige von Gefangenen wohnten. Auf diese Weise wurden die meisten Zettel ein- bis mehrfach als Kopie auf den Weg gebracht. Als dann nach längerer Zeit die Post wieder funktionierte, trafen Anfragen von Angehörigen ein. Jetzt erst wurden die Originale abgesendet.

Ab und an kamen noch meist kleinere Trupps deutscher Kriegsgefangener mit ihren Bewachern durch die Stadt, sie wurden wahrscheinlich zu einem Sammellager gebracht. Eine dieser kleinen Gruppen bestand aus drei Kriegsgefangenen und zwei Bewachern. Einer der Kriegsgefangenen konnte sich nur noch auf seine Kameraden gestützt weiterschleppen. Die Bewacher erlaubten, dass sich die drei Gefangenen auf einem Gehweg etwas ausruhen durften. Passanten, die sich mitleidsvoll dem Kranken nähern wollten, wurden schroff abgewiesen. Da öffnete sich plötzlich die Tür eines alten Hauses, eine betagte, rundliche Frau in großblumiger Kittelschürze, der Urtyp einer Mutter, betrat die Straße, sie näherte sich resolut mit einem Gefäß in der Hand dem Erschöpften. Einer der Bewacher schimpfte und richtete den Lauf seiner Maschinenpistole auf die Alte. Die Frau ließ sich nicht beeindrucken, sie beugte sich über den am Boden Liegenden, hob leicht seinen Kopf und gab ihm zu trinken. Der Rotarmist senkte den Lauf seiner Waffe und sah verlegen zu. Kurz darauf beendete er die Pause und die Gruppe schleppte sich weiter.

Verkleidungen

Wegen der Streifengänge sowjetischer Ordnungstrupps durch die Stadt trauten sich tagsüber Bewohner wieder auf Straßen. Vorsichtshalber machten sich junge Frauen so zurecht, dass sie möglichst alt, widerlich und dreckig aussahen. Fast jede hatte sich eine lange Schürze dreckig gemacht, die sie nun umband, dazu gehörten dann noch Kopftuch und Humpelgang mit Gehstock, teilweise auch angemalte Falten.

Zum Zeitvertreib wurde ich nachmittags mehrmals zu einer Freundin gebracht. Ilse wohnte mit ihren Eltern in einem größeren Raum in einem Hinterhaus mit kleinem Hof. Sie waren Evakuierte aus Berlin. Von russischen Soldaten waren sie nicht heimgesucht worden, der Vater hatte nämlich während der ersten drei »Freiheitstage« für Rotarmisten ein Schild an die Haustür geklebt, auf dem in großen russischen Buchstaben »Typhus« stand.

Beschaffung von Lebensmitteln

Im Hof spielten Ilse und ich bei schönem Wetter Hüpfelkästchen.

Im Nachbarhaus war eine Bäckerei, die nun für die Sowjets Brot backen musste. Der Bäcker gab an die Nachbarn stets Brot ab und ich bekam von Ilses Mutter auch immer ein Stück, das ich mit nach Hause nehmen konnte.

Bevor es Lebensmittelmarken gab, war es sehr schwierig an Essbares zu gelangen. Wir hatten noch Kartoffeln und Puddingpulver, dazu jetzt auch Brot. Da kam die Nachricht von guten Bekannten, dass wir uns bei ihnen Schweinefüße abholen könnten. Die Russen hatten im Garten der Bekannten viele Schweine geschlachtet, die Füße abgehackt und auf das Dach ihrer Garage geworfen, dort lägen massenhaft Schweinefüße herum. In einen Wassereiner holten wir Füße ab und kochten uns daraus Sülze. Die Sülze war gerade fertig, als, wie schon erwähnt, Kriegsgefangene plötzlich Kopf an Kopf in unserer Straße standen. Wir hatten natürlich auch Sülze an Gefangene verteilt.

Von anderen Bekannten erfuhren wir, dass in einer Scheune an der Straße nach Gebersdorf von Bauern Linsen für die Sowjets ausgedroschen worden waren und in der Streu auf dem Scheunenboden noch massenhaft Linsen herumlägen. Also machte ich mich mit einem Säckchen auf den Weg dorthin. An dieser Landstraße standen nun aber am Ortsrand zwei Scheunen.

Die eine auf der rechten Seite etwas näher am letzten Haus und die andere auf der linken Seite weiter vom letzten Haus entfernt. Die rechte Scheune war mir sympathischer, weil sie näher am Ort gelegen war, also ging ich zuerst dorthin, öffnete eine knarrende Tür und ging hinein.

Zivilkleidung für einen Soldaten

Der Scheunenboden war von Beute-Klamotten übersät. Die Bevölkerung war früher bei Fliegeralarm in die Keller gegangen, natürlich mit gepackten Koffern. Solche Koffer waren in jeder Wohnung zu finden, sie waren bei Rotarmisten sehr begehrt. Sie wurden weggeschleppt und in Scheunen, Schulen, Parkanlagen durchsucht. Was gefiel wurde mitgenommen, der Rest blieb einfach liegen. Danach sah es in der Scheune aus.

Plötzlich kam hinter einem Strohberg ein junger Mann hervor. Er hatte eine Soldatenhose und ein Unterhemd an. Er fragte leise, ob Russen in der Nähe seien, das war nicht der Fall. Da bat er mich, ihm Klamotten herauszusuchen, er selbst traue sich nicht weit von seinem Strohversteck weg, er müsse sich bei Gefahr gleich wieder verbergen können. Ich sah mir die Körpergröße des Mannes an und machte mich auf die Suche. Ich warf ihm lange Hosen, Pullover, Hemden, Strümpfe zu und auch einen braunen Ulster, also einen Wintermantel aus dickem Wollstoff, denn ich konnte mir vorstellen, dass es nachts für ihn kalt werden würde. Er zog alles in sein Versteck. Vorsichtig verließ ich dann die Scheune wieder, denn ich wusste ja nicht, ob womöglich inzwischen Russen draußen herumstreunten. Sowie man einen russischen Soldaten sah, machte man sich schnellstmöglich aus dem Staube.

Linsenscheune

Jetzt näherte ich mich vorsichtig der zweiten Scheune. Das Scheunentor stand weit offen. Auf dem Scheunenboden hockte ein Mädchen, das ich nicht kannte und sammelte eifrig Linsen aus der Streu am Boden. Sie tat das, was ich auch wollte. Also ging ich zu ihr. Sie schlug mir gleich vor, auch Linsen aus der Streu zu lesen.

Merkwürdig war, dass vor der Scheune ein alter hagerer Mann in der Sonne saß. Er hatte eine unauffällige Hose und ein Unterhemd an. Er sah wie ein harmloser alter Bauer aus. Dort kochte er irgendetwas. Er war allein. Christa, das Mädchen in der Scheune, sagte mir nebenbei, dass der Mann da draußen ein alter Russe sei, der irgendetwas koche. Er sei aber allein und ungefährlich. Also blieb ich in der Scheune und sammelte auch eifrig Linsen. Dabei erzählte mir Christa, dass sie mit ihrer Mutter erst vor wenigen Tagen aus der Tschechoslowakei eingetroffen sei und dass sie bei Verwandten untergekommen seien. Christa hatte in der Tschechoslowakei zusammen mit ihrer Mutter einen Todesmarsch überlebt. Halb verhungert, beide hatten nur noch ein Kleid auf dem Leib, wurden sie nach einer letzten Leibesvisitation über die Grenze nach Deutschland getrieben. Sie waren bereits am Ende ihrer Kräfte und haben nur überlebt, weil sie auf deutscher Seite von Bauern sofort aufgenommen und mit Nahrung und Wasser versorgt worden seien. Bauern, die dort an der Grenze lebten, wussten, was diesen Elendsgestalten, die damals täglich ankamen, angetan worden war und halfen ihnen. Diese Bauern hat es auch gegeben. In der Umgebung von Berlin gab es aber vor allem Bauern, die sich durch Tauschhandel bereicherten. Zum Beispiel Perserteppich gegen 1kg Butter.

Wir sammelten eifrig Linsen und ich hörte Christa aufmerksam zu. Als wir dann nach Hause gehen wollten, kam der alte Russe freundlich daher und schenkte jeder ein viereckiges, kleines Stück Seife. Da bemerkten wir erst, dass er Seife gekocht hatte. Die Seife war mittelbraun und roch unangenehm. Das verwendete Tierfett muss wohl nicht mehr ganz frisch gewesen sein und Parfumstoffe hatte der Russe natürlich nicht gehabt. Uns wurde bewusst, dass die Sowjetunion noch weitgehend eine Armutsgesellschaft war und die Soldaten wohl deshalb so beutegierig waren und klauten wie die Raben. Wir bewahrten das Stück Seife zu Hause auf, weil man damit notfalls Wäsche waschen konnte. Wir wussten ja nicht, wann es mal wieder Waschmittel geben würde.

Vergiftungen

Ein villenartiges Haus an der Luckauer Chaussee gehörte einem Ehepaar, das dort eine Biberfarm betrieben hatte. Die Tiere waren inzwischen tot, sie waren von den Russen verspeist worden. Quartiermacher hatten das obere Stockwerk beschlagnahmt, weil dort mehrere höhere Offiziere mit ihren Burschen einquartiert werden sollten. Das Erdgeschoss durften die Hausbesitzer weiter bewohnen, sie mussten das Haus sauber halten und für die Offiziere Tee kochen.
Eines Frühmorgens klopfte einer der Burschen an die verschlossene Zimmertür des Ehepaares und erklärte der heraustretenden Dame des Hauses, dass einige Burschen starke Magenschmerzen hätten. Die Frau kochte sofort einen Magentee und gab ihn für die Patienten mit. Bald darauf erschien ein Armeearzt. Er ließ die Kranken auf Tragen aus dem Haus bringen. Wenig später wurde die Dame des Hauses zum Verhör abgeholt. Man beschuldigte sie, Sowjetsoldaten durch vergif-

teten Tee umgebracht zu haben. Sie erklärte immer wieder, dass diese Soldaten bereits Magenschmerzen gehabt hätten, als sie um Hilfe gebeten wurde. Außerdem sei eine ganze Gruppe erst kurz zuvor eindeutig angetrunken nach Hause gekommen. Vermutlich sei irgendwo gefeiert worden und dabei irgendetwas Schädliches getrunken worden. Und so war es auch gewesen: Gefeiert worden war in der ehemaligen Oberschule, die von Sowjetsoldaten belegt war. Die umwohnende Bevölkerung war durch den Lärm des Festes nachts nicht zur Ruhe gekommen.

Borax, unser Chemielehrer, hörte von der angeblichen Vergiftungsgeschichte und machte sich sofort auf den Weg zur Schule. Er erklärte einem Dolmetscher, dass sich in der Schule eine Chemiesammlung befindet, einige Flaschen haben einen weißpulvrigen Inhalt, den man leicht für Kochsalz halten kann. Es könne doch möglich sein, dass derartig aussehende Substanzen für Salz gehalten und entsprechend verwendet worden seien, was dann zu Vergiftungen geführt haben könnte. Man möge ihm doch den Zutritt zu der Sammlung gestatten, er kenne in etwa die Mengen, die sich in den in Frage kommenden Flaschen befunden hatten, eventuell könne er den Fall aufklären.

In Begleitung eines Dolmetschers und mehrerer Offiziere durfte er die Schule betreten. Er resignierte aber, als er sah, was in dem Sammlungsraum geschehen war. Dort war ebenfalls in bekannter Weise gehaust worden. Sämtliche Glasgeräte und Chemikalienflaschen lagen zertrümmert auf dem Boden zwischen Essensresten, Kothaufen u.a. Es war also aussichtslos, irgendeine Erkenntnis über eventuell falsch verwendete Chemikalien gewinnen zu können.
Nachdenklich wollte der Lehrer gerade den Raum verlassen, als sein Blick auf ein Regal in der Ecke eines Raumes fiel.

Dort waren biologische Präparate aufbewahrt worden, die aus Schlangen, Fröschen, Eidechsen, Salamandern, Bandwürmern, Gehirnen und anderem bestanden und durch hochprozentigen Alkohol konserviert, in Schaugläser eingeschlossen, aufbewahrt wurden. Derartige Schaugläser wurden im Biologieunterricht für Demonstrationszwecke verwendet. Die sonst alkoholumspülten Objekte hingen jetzt schlaff in den geöffneten alkoholleeren Schaugläsern, in deren Nähe einige Trinkgläser standen.

Einige Offiziere holten sofort mehrere Soldaten niederer Mannschaftsgrade herbei und redeten erregt mit ihnen. Nach ungefähr zehn Minuten begleitete der Dolmetscher, der die ganze Befragungsaktion aufmerksam verfolgt hatte, den Lehrer auf die Straße. Er erklärte, dass einige Soldaten nur an den Gläsern genippt hatten, das Zeug aber als ekelerregend ablehnten. Auch bei ihnen war es zu Magenschmerzen in Verbindung mit Übelkeit gekommen. Nach einigen Stunden seien sie aber wieder wohlauf gewesen. Einige andere, die das Zeug buchstäblich gesoffen hätten, waren wirklich diejenigen, die nun unter Qualen gestorben waren.

Beschuldigte Deutsche hatten Glück, dass dieser ekelhafte Alkohol nicht während der ersten drei »Freiheitstage« gesoffen worden war, sondern einige Tage später. Während der »Freiheitstage« hätte man wahrscheinlich überhaupt keine Untersuchungen durchgeführt und Verdächtige kurzerhand eingesperrt und abgeurteilt. Da anfangs in den Kellern etlicher Geschäfte viele Flaschen mit höherprozentigem Alkohol lagerten, konnten sich die Rotarmisten während ihrer »Freiheitstage« dort bedienen, bevor sie nach Ersatz suchen mussten.

Impfungen gegen Typhus

Irgendwann gab es Lebensmittelkarten, das Hungern ging dennoch weiter, weil sich die Rote Armee aus den besetzten Gebieten ernährte. Jetzt gab es lange Schlangen vor Lebensmittelgeschäften mit stundenlangem Anstehen.

Die ersten Typhusfälle traten bald auf. Deshalb wurde angeordnet, die gesamte Bevölkerung gegen Typhus zu impfen. Das Impflokal war eine ebenerdige Waschküche mit einem Herd und einer Außentür zur Straße. Dort gab es eine lange Warteschlange der Impfwilligen.

Auf dem Herd im Impflokal wurde Wasser in zwei großen Aluminiumtöpfen ständig am Kochen gehalten. Denn die Impfspritzen bestanden aus zwei Teilen: Einem hinteren Glasteil und einem vorderen Metallteil mit Kanüle. Nach jeder Impfung wurde das Metallteil von dem Glasteil abgenommen und in kochendem Wasser sterilisiert. Das Glasteil erhielt neuen Impfstoff, ein bereits ausgekochtes Metallteil wurde auf das Glasteil mit dem Impfstoff geschraubt, und nun war die Spritze wieder einsatzbereit.

Der Impfstoff wurde unterhalb eines Schlüsselbeines injiziert. Das war sehr schmerzhaft, weil die massive Kanüle der Spritze keinen kleinen Durchmesser hatte, außerdem waren wir sehr abgemagert, deshalb lag die Haut auf dem Knochen und auf dem schrabte dann die Kanüle entlang. Hinzu kam, dass man froh sein musste, wenn die Kanüle nach dem Abkochen noch etwas Zeit zum Abkühlen bekam. Drei Injektionen in bestimmten Zeitabständen verabreicht, waren für den Impfschutz notwendig.

Umbettungen

Nachdem die ersten chaotischen Tage überstanden waren, wurde die Bevölkerung zur Aufnahme von Arbeit aufgerufen und für bestimmte Arbeitseinsätze eingeteilt. Eine Gruppe von Männern und Frauen musste einen Friedhof für sowjetische Soldaten anlegen, die an unterschiedlichen Stellen in der Umgebung von Dahme beerdigt worden waren. Als neuer Beerdigungsplatz für alle wurde eine idyllische Ecke im Schlosspark auserkoren. Dort hatte eine »Liebeslaube« gestanden. Sie war nun aber abgerissen worden.

Die Arbeit der deutschen Gruppe begann mit dem Ausheben von Gräbern. Jeden Tag musste pro Person ein Grab ausgehoben werden. Frauen schafften das Pensum nicht, allen wurde von Männern, die schon früher fertig waren, geholfen.

Als genügend offene Gräber vorhanden waren, mussten die Toten freigelegt werden. Die meisten befanden sich nicht in einem Sarg. Die schwarzen, steifen, stinkenden menschlichen Überreste in ihren triefenden Uniformen wurden auf einen Plattenwagen gelegt und vorsichtig zu den ausgehobenen Gruben gefahren. Diese Arbeit wurde nur von Männern erledigt. Frauen mussten anschließend beerdigen: Die Toten in der Grube schnellstmöglich mit Aushuberde bedecken, um den schauderhaften Geruch loszuwerden und dann die Grube mit Erde zuschütten.

Eine Gefährdung stellte die Unzahl von Leichenfliegen dar, die vom Geruch des verwesenden Fleisches angelockt, bald in Vielzahl auf Leichen herumsaßen, die beim Transport oft ohne Sarg auf Plattenwagen lagen oder durch die Luft schwirrten.

Gefährlich werden konnte der Stich einer dieser Fliegen. Trotz sommerlicher Temperaturen hatten deshalb alle Umbettenden mehrere Klamotten übereinander angezogen, zum Schutz vor Fliegen.

Sargfreie Leichen wurden in einem bescheidenen Holzsarg untergebracht und dann in eine Grube abgesenkt. Die Umbettenden waren die schauerliche Leiche los, die den Leichenzug begleitenden Fliegen waren nun aber für die Umbettenden besonders gefährlich.

Die Umbettenden erledigten diese Arbeit ohne ein besonderes Mitgefühl, weil sie die massenhaften Vergewaltigungen von Mädchen und Frauen durch Rotarmisten nicht vergessen konnten.

Zur Mittagszeit brachte ich meiner Mutter, die zu der Umbetter-Gruppe gehörte, in einem Töpfchen Essen, das sie mit einem Löffel zu sich nehmen konnte. Im Park gab es keine Möglichkeiten Hände zu waschen, Brot durfte deshalb gar nicht angefasst werden. Am oberen Teil der Schlossauffahrt musste ich auf sie warten, durfte also nicht dicht an den Begräbnisplatz kommen, vor allem wegen der widerlichen Fliegen. Von der Auffahrt aus sah ich dann Plattenwagen mit je einer schwarzen, steifen Leiche auf dem Weg zum Begräbnisplatz.

Nachdem die Exhumierungs- und Beerdigungsarbeiten beendet waren, wurde der Platz eingezäunt. Wenige Wochen später befand sich auf jedem Grab ein Obelisk mit Inschrift und Fotografie des Verstorbenen, die Gräber waren von Gärtnern mit Blumen geschmückt worden.

Arbeit für Schüler

Es war inzwischen Juni geworden. Die Feldarbeit hatte seit Ende April zwangsläufig geruht, weil sich Bauern aus Furcht vor marodierenden Rotarmisten nicht auf Felder wagten und weil Kriegsgefangene, die Felder einer Domäne in der Nachbarschaft bearbeitet hatten, nun in ihre Heimatländer zurückgekehrt waren. Jetzt wurden Einwohner aufgefordert, bei der Feldarbeit zu helfen, damit die Ernte nicht gefährdet werde.

Bauern verabredeten sich, auf jeweils benachbarten Feldern zu arbeiten, um in Sicht- und Verständigungsweite zu bleiben. Man war dadurch in der Lage, ein größeres Gebiet unter Beobachtung zu halten. Derart abgesichert gingen Bauern nun wieder auf ihre Felder.

Schulkinder, die nun schon seit Monaten keinen Unterricht mehr hatten, mussten sich bei der Schule einfinden. Dort wurden sie zur Arbeit eingeteilt. Vier Schülern »höherer« Klassen wurde zusammen mit unserem Biologie- und Chemielehrer Borax die Instandsetzung der naturwissenschaftlichen Sammlungen in der Oberschule anvertraut, alle übrigen hatten auf der Domäne unterschiedliche Arbeiten zu verrichten. Meine Gruppe hatte Rüben zu ziehen. Wir wurden zu einem riesigen Feld geführt, kurz angeleitet und hockten von da ab stundenlang in der prallen Sonne, um jeweils in einer Gruppe von Rübenpflänzchen nur das Kräftigste stehen zu lassen und die anderen aus dem Boden zu ziehen. Auf einem das Feld begrenzenden Feldweg patrouillierten derweil zwei Rotarmisten mit ihren Maschinenpistolen unter dem Arm. Sie passten auf, dass wir auch dort blieben und hatten wohl auch aufzupassen, dass bereits vierzehnjährige Mädchen nicht von streunenden

Rotarmisten behelligt wurden. Müde und zerschlagen von ungewohnter Arbeit und zu viel Sonne graute mir, wenn Feierabend war, schon vor dem nächsten Tag.

Nach zwei Tagen Arbeit in dem Rübenacker, bekam ich von Borax die Botschaft, dass ich bei den Sammlungsreinigern sofort mitarbeiten könne. Borax, dem leitendem Fachlehrer, war in Anbetracht des verdreckten Zustandes der Sammlungsräume ein zusätzlicher Schüler genehmigt worden. Er entschied sich für mich, obgleich ich damals noch nicht den »höheren« Klassen angehörte. Vielleicht erinnerte er sich an die Schneeglöckchen, die ich ihm einmal geschenkt hatte.

Die Schule war erst vor wenigen Tagen freigegeben worden, zuvor waren dort drei Monate lang Sowjetsoldaten untergebracht. Sie waren abgezogen und hatten alles verdreckt und vieles ruiniert hinterlassen. Der Fußboden der naturwissenschaftlichen Sammlungsräume und des Chemiesaals war von einer dicken stinkigen Schicht überzogen. Diese Schicht war dadurch zustande gekommen, dass alle möglichen Gegenstände von Regalbrettern gestoßen, aus Schränken und Schubladen gezerrt und dann auf den Boden geworfen worden waren. Aus zerbrechenden Flaschen und Gläsern hatten sich dann flüssige und feste Chemikalien dazwischen gemengt. Außerdem gesellten sich hinzu Essensreste, vor allem von Suppen, schmutzige Leibwäsche der Soldaten, stinkende Fußlappen, nicht benötigte Beutetextilien, verschmutzte Geschirrteile, die mehrheitlich zerbrochen waren, Fäkalien und Unmengen von Glasscherben, weil fast alle Glasgeräte, die hauptsächlich in der organischen Chemie benutzt wurden, kurz und klein geschlagen worden waren. Es fanden sich nur noch einige unbeschädigte Reagenzgläser. Zu diesem Gemenge kam dann noch eine Vielzahl von Bettfedern hinzu. Mehrere herumliegende und aufgeschlitzte rote Inletts gaben Auskunft über die Herkunft der vielen Federn.

Als ich nun zwei Tage später zu den Sammlungsreinigern stieß, war bereits der Fußboden um den Spülstein freigelegt und der Ausguss von Urinresten gesäubert worden. Am Spülstein konnte man bereits zum Abwaschen stehen, denn alle geborgenen Gegenstände, die noch verwendbar waren, mussten gründlichst gereinigt werden. Oft stanken sie auch noch nach intensiver Behandlung mit Wasser und Seife.

Zwei Schülerinnen wuschen jeweils den Unrat ab, während die übrigen damit beschäftigt waren, die Bodenschicht abzutragen. Mit zwei Stöcken bewaffnet stocherten und zerrten wir in der Bodenschicht herum. Alle noch brauchbaren Gegenstände gelangten zum Spülstein. Scherben, Lumpen, Unrat, Federn u.a. wurden mit Eimern in den Hof verbracht und dort aufgehäuft.

Acht Wochen wurde intensiv gearbeitet. Dann waren Regale und Schränke innen gesäubert und die verbliebenen gereinigten Gegenstände kamen wieder an ihren alten Platz. Borax konnte erst jetzt eine Bestandsaufnahme machen, er war sichtlich betrübt darüber, dass so viele Gegenstände fehlten, weil sie einfach mutwillig zerstört oder verhunzt worden waren. Den größten Ausfall gab es bei Glasgeräten für den Chemieunterricht.

Frauen, die zur Putzarbeit eingeteilt wurden, waren schon wochenlang mit der Säuberung von Klassenräumen, Fluren, Treppen beschäftigt, sie mussten nun Wände und Böden der Sammlungsräume und des Chemiesaals reinigen. Die Frauen waren wirklich einiges gewöhnt und trotzdem beklagten sie sich über den verdreckten Dachboden, den sie anschließend auch noch zu säubern hatten. Wir wollten nicht glauben, dass es dort oben noch schlimmer sein könnte als das, was wir hier unten angetroffen hatten. Wir gingen von der Vorstellung aus, dass auf einem so dunklen, zugigen Dachboden niemand gehaust haben könnte. Wir bekamen keine Beschreibung von den Frauen, sondern die Aufforderung, doch einmal mitzukommen. Schon auf der Bodentreppe schlug uns ein widerlicher Gestank entgegen. Bald war mir die Herkunft des widerlichen Geruchs klar: Der Dachboden war als Klo benutzt worden. In dem alten Schulgebäude gab es keine Toiletten, dafür mehrere Trockenklos im Hof. Der Weg dorthin war den Russkis wohl zu weit. Also richtete man sich auf dem Dachboden ein. Zwei Ecken waren für diesen Zweck hergerichtet worden: In jeder Ecke hatten Russkis zwei Schränke so zueinander ausgerichtet, dass in der Lücke zwischen ihnen durch je ein Loch in der Seitenwand eines Schrankes ein runder Pfahl geschoben werden konnte. Diese Pfähle waren dann als Donnerbalken benutzt worden, wie riesige Kothaufen bewiesen. Ich dachte nur: arme Frauen und verließ den Dachboden.

Rückkehr des Vaters

Der Vater war 1945 als Schulleiter einer großen Lehrerbildungsanstalt nach Brandenburg versetzt worden. Am Ende des Krieges war Brandenburg zur Festung erklärt worden. Alle Männer hatten zum Kampf in der Stadt zu bleiben. Wir hatten wochenlang nichts mehr von ihm gehört. Anfang Juni stand er plötzlich vor der Tür.

Dann erfuhren wir, was sich in der Zwischenzeit zugetragen hatte: Als Brandenburg zur Festung erklärt worden war, wurden in der Schule schwarze Uniformen mit Totenköpfen abgeliefert. Schüler sollten für den Endsieg kämpfen. Er ging sofort zum Bann, erreichte aber nur, dass er zusammen mit zwölf- und dreizehnjährigen Schülern die Stadt verlassen dürfe, die älteren Jungen sollten kämpfen. Sein Plan stand fest, er werde versuchen alle mitzunehmen. In diesen schwarzen womöglich SS-Uniformen würde keiner der Jungs überleben.

Er rief das Kollegium zusammen und teilte mit, dass er entschieden habe am nächsten Tag mit allen Schülern Brandenburg zu verlassen. Er brauche zur Unterstützung noch zwei Kollegen, die ebenso wie er riskieren würden, womöglich an die Wand gestellt zu werden. Bald waren zwei Kollegen bereit mitzugehen. Ungewiss war die Haltung von zwei anderen Kollegen, die der SS angehörten. Mit einem von ihnen war er immer sehr gut ausgekommen, er stimmte dem Plan auch zu, der andere saß versteinert da. Es hatte den Anschein, dass er aber nicht verpfeifen würde.

Am nächsten Morgen mussten die Jungen früh aufstehen und sich feldmarschmäßig zurechtmachen. Den älteren Jungen, die sich freuten kämpfen zu dürfen, wurde erzählt, sie würden außerhalb von Brandenburg eingekleidet und müssten die Russen von außerhalb bekämpfen.

Die Marschformation für diesen Tag war: Eine lange Kette zu bilden. Angeführt von zwei Lehrern mit den älteren Jungen, danach eine Lücke und dann erst der Schulleiter mit den zwölf- und dreizehnjährigen Schülern, deren HJ-Ausweise griffbereit zu sein hatten.

Zum Glück verließen auch viele Frauen mit Kindern, Alte und Gebrechliche die Stadt. An den Kontrollstellen teilten die beiden Lehrer mit, dass der Schulleiter noch komme, er habe die Erlaubnis vom Bann dabei. An allen Kontrollstellen zeigte mein Vater die Bescheinigung vom Bann und forderte die Schüler auf ihre HJ-Ausweise vorzuzeigen. Mit viel Glück waren sie durch alle Kontrollen gekommen. Bald kamen sie an Bahngleise, auf denen gerade ein Tiertransport bombardiert worden war. Überall lagen zerfetzte Tierkörper herum. Da bekamen viele Jungen einen Schock.

Als plötzlich mehrere Laster mit in Richtung Westen flüchtenden Soldaten vorbeifuhren, bettelten schon die ersten Jungen um Mitnahme. Fast alle Lastwagen nahmen Jungen mit. Die zwei Lehrer waren auch schon mitgefahren. Mein Vater wartete bis auch der letzte Schüler fort war. Dann ging er in die Priegnitz zu einem Cousin, der dort einen Bauernhof besaß.

Mehrere Tage nach dem Einmarsch machte er sich auf den Weg nach Dahme. Etliche zivil gekleidete Männer waren auf den Landstraßen unterwegs. Die Russen nahmen alle gefangen, derer sie habhaft werden konnten, weil doch fast alle Männer Soldaten gewesen waren. Mein Vater war nie eingezogen worden, obwohl er im wehrfähigen Alter war. Nach der ersten Gefangennahme wurde er zu Kriegsgefangenen ins Rathaus von Putlitz gesperrt. Er hatte seinen Wehrpass gar nicht vorgezeigt, damit er ihm womöglich nicht abgenommen werden konnte. Nachts gelang ihm die Flucht aus dem Rathaus.

Ein zweites Mal wurde er in einem Hohlweg gefangen genommen. Er war dann zusammen mit vielen Kriegsgefangenen schon kilometerweit Richtung Osten getrieben worden, als er wieder fliehen konnte. Danach lief er nur noch nachts weiter.

Fahrt nach Potsdam

In den ersten Wochen nach Kriegsende war Reisen eine abenteuerliche Angelegenheit, deshalb machten sich auch nur diejenigen auf den Weg, die gewichtige Gründe hatten.

Anfang Juni 1945 wollten meine Mutter und ich nach Potsdam reisen, um herauszufinden, ob unsere Großeltern noch am Leben waren. Es hatte sich herumgesprochen, dass durch die ca. dreißig Kilometer entfernte Stadt Jüterbog jeden Abend ein Zug Richtung Berlin fuhr, der jedoch immer überfüllt war, vor allem mit Evakuierten, die nun wieder nach Berlin zurückkehren wollten. Mit einer Gruppe von Berlin-Heimkehrern machten wir uns zu Fuß auf den Weg nach Jüterbog.

Auf dem Bahnsteig trafen wir bereits eine größere Menschenmenge an, die mit abenteuerlichen Gepäckstücken auf die Ankunft des Zuges wartete. Als nach zweistündiger Verspätung der Zug endlich unter einer gewaltigen Dampfglocke eintraf und jeder der Wartenden die Waggons mit den Augen abtastete auf der Suche nach einem Platz auf schon »besiedelten« Wagendächern bzw. Trittbrettern, kam die Durchsage, dass der Zug hier ende und die Wagen zu räumen seien. Am nächsten Morgen gegen sieben Uhr werde der Zug Richtung Berlin weiterfahren.

Menschenmassen fluteten in das Bahnhofsgebäude, das zu einem riesigen Nachtlager wurde. Jedes Fleckchen war bereits belegt, als wir eintrafen. Bekannte nahmen uns zu einem Übernachtungsheim für Umsiedler mit. Wir wurden in einen größeren Raum gewiesen, der bereits mehrere Frauen mit ihren Kindern sowie einige gerade aus der Kriegsgefangenschaft entlassene ältere, krank aussehende Männer beherbergte. Ein ehemaliger Soldat versorgte rührend meine Blasen an den Füßen mit Jod und Heftpflastern. Am nächsten Morgen waren wir bereits um fünf Uhr auf dem Bahnhof, daher bekamen wir einen Platz an der Bahnsteigkante. Als dann der Zug leer eintraf, hob mich einer der ehemaligen Soldaten durch ein offenes Zugfenster. Ich belegte im Abteil gleich zwei Plätze bevor Reisende, die den Zug durch Türen bestiegen hatten, eintrafen. Damals wurden Züge regelrecht durch alle Öffnungen gestürmt. Wer sich nicht mehr irgendwo hineindrängen konnte bzw. auf Trittbrettern Platz fand, musste zurückbleiben und auf den Zug am nächsten Tag warten. Wir waren im Zug und hatten sogar Sitzplätze ergattert.

In Großbeeren stiegen wir aus und mussten nun zu Fuß weiter. Nach einer halben Stunde hielt plötzlich ein dreirädriges Auto neben uns. Ein älterer Mann saß am Steuer, er fragte uns, ob wir nach Potsdam wollten, dort müsse er nämlich Gemüse hinbringen. Wir durften uns neben ihn auf die Fahrerbank setzen und das kleine Gefährt rumpelte auf der wahrscheinlich von Panzern zerfahrenen Straße Richtung Potsdam. Mein Großvater wohnte in der Nähe vom Nauener Tor, also im Norden der Stadt, das war sein Glück, denn bei dem Luftangriff am 14. April 1945 war der Norden von Potsdam nicht zerstört worden, weil die »Christbäume«, die die Altstadt von Potsdam als Zielgebiet für Bombenabwürfe abstecken sollten, von starkem Nordwind nach Süden getrieben wurden. So blieb die nördliche Stadt erhalten und dafür wurde südlich der Stadt ein Waldgebiet ruiniert.

Als wir das Wohnhaus erreichten, in dem der Großvater lebte, klingelten wir ängstlich an der Wohnungstür. Der Großvater öffnete selber, wir waren froh, dass er noch lebte. Bei ihm war eine Nachricht aus Michendorf abgegeben worden. Es handelte sich um einen Zettel, der von meiner Tante Emma stammte und den sie jemandem, der nach Potsdam fuhr, mitgegeben hatte. So erfuhren wir, dass unsere Großmutter noch lebte, Onkel Adolf aber zu Tode gekommen war und bereits beerdigt wurde. Die Ursache erfuhren wir erst, als die Post wieder funktionierte.

Onkel Adolf war, wie schon erwähnt, bereits lange ein SPD-Mitglied gewesen, als er 1933 seinen Arbeitsplatz bei der BEWAG in Berlin verlor. Er kaufte sich dann ein Häuschen in Michendorf und zog mit seiner Familie um. In der braunen Diktatur musste er sich dann jede Woche persönlich bei der Polizei melden und bekam zusätzlich noch das Verbot ins Ausland zu reisen. Als die Rote Armee nahte, hatte er seinen Opel unfahrbar gemacht, damit er nicht mitgenommen werden konnte. Dafür wurde er von Rotarmisten so schwer verprügelt, dass er einen Tag später verstarb.

Traurig machten wir uns am nächsten Tag auf den Rückweg. Wir wurden auf der Landstraße wieder von einem Lieferwagen mitgenommen. In Großbeeren bestiegen wir den Zug, der aus Berlin kam, er war nicht mal überfüllt. Mittags trafen wir in Jüterbog ein und machten uns zu Fuß auf den Weg nach Dahme. Auf der Landstraße bekamen wir einen großen Schrecken, weil wir einen Rotarmisten sahen, der uns entgegenkam. Weder Kopfbedeckung noch Kalaschnikow hatte er dabei. Da er Kopfhaare hatte, handelte es sich um einen Offizier, dennoch verspürten wir Angst. Der Armist musterte uns genau, blieb aber auf der anderen Straßenseite und lief friedlich weiter. Gegen Abend trafen wir dann müde in Dahme wieder ein.

Berlinfahrten

Noch abenteuerlicher verlief die Fahrt von Bekannten, die vom Berliner Anhalter Bahnhof nach Dahme zurückfahren wollten. Sie wussten, dass Kohlezüge, die Briketts nach Berlin gebracht hatten, leer zurückfahren. Als sie auf dem Bahnhof eintrafen, stand da bereits ein Kohlezug, der schon von Menschen gut besetzt war. Sie erfuhren von Mitreisenden, dass Züge auf der Fahrt mehrfach auf Ausweichgleisen anhalten müssten um Gegenzüge vorbei zu lassen. Grund: Die Sowjets hatten gleich nach Kriegsende bei zweigleisigen Strecken ein Gleis abmontiert und in die Sowjetunion verbringen lassen. Auf den nun eingleisigen Strecken musste der Gegenverkehr vorbei gelassen werden. Es gab also mehrfach Gelegenheit den Zug in der Nähe des Heimatortes wieder zu verlassen.

Die Bekannten bestiegen dann eine Lore im vorderen Bereich des Zuges, weil dort noch mehr Platz war. Bald setzte sich der Zug in Bewegung. Kurz hinter Berlin verlangsamte er seine Fahrt, als er in ein ausgedehntes Waldgebiet einfuhr. Plötzlich stürzte eine größere Gruppe sehr jung aussehender russischer Soldaten in zerlumpten Uniformen aus Dickicht am Bahndamm hervor und erkletterte die drei hintersten Loren. Sie warfen dann alle greifbaren Gepäckstücke der Reisenden »über Bord«. Anschließend dehnten sie ihren Raubzug auf die vorderen Loren aus. Jeder Reisende, der noch Zeit hatte, weil die Diebe noch nicht in seiner Lore waren, zog hastig Sachen aus seinem Gepäck und verstaute sie an seinem Körper - in Jackentaschen, unter Pullovern, Hosenbünden usw. Als die Wegelagerer schon knapp vor den vordersten Loren angelangt waren, wo sich auch die Bekannten aufhielten, ertönte plötzlich eine Trillerpfeife, woraufhin die Piraten eilends absprangen.

Kurz darauf beschleunigte der Zug seine Fahrt wieder. Unsere Bekannten gehörten zu den wenigen Reisenden, die noch ihr Gepäck besaßen.

Eine heftige Diskussion setzte jetzt zwischen den Reisenden ein. Es ging vor allem darum, ob es sich bei den Piraten um Freizeitsport von regulären Rotarmisten handelte oder um Deserteure, die in Wäldern um Berlin hausten und von ihren Raubzügen lebten. Jedem war aufgefallen, wie ungewaschen und unrasiert diese Männer waren und wie liederlich ihre Uniformen aussahen.
In Uckro hielt der Zug auf einem Nebengleis und die Bekannten stiegen dort aus.

Berlin war zwar von den Sowjets erobert worden, wurde dann aber in vier Sektoren geteilt. Die Sowjets räumten zwölf von zwanzig Berliner Verwaltungsbezirken. Westberlin entstand, es hatte einen amerikanischen, britischen und französischen Sektor.

Wenn wir Ostdeutschen (Einwohner aus der Sowjetischen Besatzungszone) in Westberlin unterwegs waren, staunten wir, dass dort Soldaten der Westmächte frei herumlaufen durften und auch mit jungen Berlinerinnen spazieren gingen. In Ostberlin waren frei laufende Rotarmisten nicht zu sehen, deutsche Frauen hätten vor ihnen auch sofort die Flucht ergriffen. Die Massenvergewaltigungen deutscher Frauen aller Altersgruppen hatten dem Ansehen der Sowjetunion sehr geschadet.

Sowjetsoldaten hinter Stacheldraht

Da es immer noch zu Übergriffen auf die deutsche Bevölkerung kam, wurden nun sogar Kasernen mit Stacheldrahtzäunen und Schilderhäuschen ausgerüstet. Ausgang gab es für einfache Soldaten nur in Gruppen in Begleitung von bewaffneten Aufpassern. Das war auch noch 1951 der Fall. Ich studierte damals in Potsdam und wohnte neben einem großen Kaufhaus in der Brandenburger Straße. Mehrmals sah ich, dass Lastwagen mit Rotarmisten vor dem Kaufhaus anhielten. Das Wachpersonal hatte stets Kalaschnikows dabei. Die Rotarmisten gingen mit ihren Bewachern ins Kaufhaus zum Einkaufen. Anschließend mussten sie gemeinsam wieder aufsteigen zum Abfahren.

Als ich dann einmal mit Freunden eine Wanderung in der Umgebung Potsdams unternahm, kamen wir in einem Waldstück an einem Kasernenkomplex vorbei. Zu unserem Erstaunen war der ganze Kasernenbezirk mit dickem Stacheldraht hoch eingezäunt. An einem Schilderhäuschen standen Bewaffnete, die sich von passierenden Offizieren jeweils den Ausweis zeigen ließen.

Als die Rote Armee in Deutschland einmarschierte, waren Grausamkeiten gegen die deutsche Zivilbevölkerung erlaubt. Als das dann verboten wurde, hörten Übergriffe nicht auf, vor allem in ländlichen Gebieten. Aus der sowjetischen Besatzungszone sollte ein sozialistischer Staat nach sowjetischem Vorbild entstehen. Für die deutsche Bevölkerung waren sowjetische Soldaten jedoch schlechte Repräsentanten des sozialistischen Systems. Um dem Treiben von Rotarmisten einen Riegel vorzuschieben, isolierte man sie von der deutschen Bevölkerung: Selbständiger Ausgang, zum Beispiel in der Freizeit, war für einfache Soldaten untersagt. Einfache Soldaten waren nun nur noch ab und an in der Öffentlichkeit zu sehen und wenn, dann nur in Gruppen mit bewaffneten Aufpassern. Ein normales, sichereres Leben war nun für die Bevölkerung möglich.

Vergleich zwischen Ost- und Westberlin

Den Sowjets war Westberlin immer ein Dorn im Auge, weil es dem Westen wirtschaftlich besser ging und sich Angehörige westlicher Armeen als Besatzer ordentlich zu benehmen hatten. Im Straßenbild fielen vor allem amerikanische Soldaten auf, sie wirkten so unkompliziert und freundlich. Einige hatten sich schon ein deutsches Mädchen angelacht. Von Russen war nur zu hören gewesen: »Frau komm« und das oft noch mit der Maschinenpistole unterm Arm. In Berlin konnte die Bevölkerung auch gut vergleichen zwischen dem demokratischen (kapitalistischen) System im »Westen« und dem diktatorischen (sozialistischen) System im »Osten«.

Neues Schuljahr

Im Herbst 1945 begann die Schule wieder, aber mit neuen Lehrern. Von unseren alten Lehrern war niemand mehr da. Um ihren Job nicht zu verlieren, hatten sie Mitglied in der NSDAP werden müssen. Dafür verloren sie jetzt ihren Job. Zwei unserer Lehrer waren zu Tode gekommen. Krümel fiel, wie bereits erwähnt, bei einem Einsatz als Volkssturmmann. Bauer war von Russen erschossen worden, wie es hieß in seiner Wohnung. Unser sehr vornehmer Direktor gehörte zu den entlassenen Lehrern, er wurde dann später noch vom sowjetischen Geheimdienst abgeholt. Im ersten Weltkrieg war er in russische

Gefangenschaft geraten, es gelang ihm aber zu fliehen und wieder nach Deutschland zurückzukehren. Ob diese Flucht noch eine Rolle spielte, wusste niemand, vielleicht gab es doch noch einen Steckbrief von ihm.

Zwei der neuen Lehrer waren Vertriebene aus Schlesien, angeblich waren sie nie Mitglieder der NSDAP gewesen. Hinzu kam noch ein schon älterer Mathelehrer, der aus Königswusterhausen bei Berlin stammte. Immer mal wieder erzählte er uns Erlebnisse mit früheren Schülern, nannte auch ihre Namen. Viele waren hochintelligente, sportliche und sympathische Jungs gewesen und hätten eine glänzende Zukunft vor sich gehabt. Und dann sagte er mit zittriger Stimme, dass alle diese großartigen Jungen gefallen seien und fast eine ganze Generation junger Männer beim Kriegseinsatz auf den Schlachtfeldern verblutet sei. Er wischte sich ein paar Tränen aus den Augen und meinte dann noch, dass viele von ihnen uns in Zukunft beim Wiederaufbau fehlen würden. An unsere Schule kamen auch noch etliche Neulehrer, die eine Schnellausbildung absolviert hatten.

In der Volksschule fanden sich auch Lehrer ein, die als Flüchtlinge oder Vertriebene nach Dahme kamen und angeblich nicht in der NSDAP gewesen waren. Dabei war überall bekannt, dass im »dritten Reich« nur NSDAP-Mitglieder Lehrer sein durften. Deshalb gab es viel böses Blut, denn es gab Lehrer aus den Ostgebieten, die ihre Mitgliedschaft angaben, andere aber nicht und diese Unehrlichen kamen dafür in Lohn und Brot. Ein sehr unangenehmer Volksschullehrer aus den Ostgebieten hatte seinem 1934 geborenen Sohn sogar den Namen Adolf verpasst, in der Hitlerpartei war er aber angeblich nie gewesen. Flüchtlingen und Vertriebenen konnte man eben ihre Mitgliedschaft nicht nachweisen und die Ehrlichen unter ihnen hatten leider das Nachsehen. Es kursierte damals dieser Spruch:

> Ich komme aus dem Osten,
> bin auf der Suche nach nem Posten,
> Hitler habe ich nicht gekannt,
> meine Papiere sind mir alle verbrannt.

An der Schule gab es nun auch etliche neue Schüler und Schülerinnen, die ebenfalls als Flüchtlinge oder Vertriebene gekommen waren.

Hungersnot

Nach dem Ende des Krieges kam eine grausame Hungersnot. Es gab Lebensmittelmarken und für das Wenige, das man bekam, musste man noch, vor allem vor Milch- und Lebensmittelläden, anstehen. Es gab auch nur noch eine Sorte Brot, das war dunkles, klietschiges Kastenbrot, das immer feucht war. Da nach Gewicht verkauft wurde, blieb für Bäcker natürlich einiges übrig. In Haferflocken, wenn es sie überhaupt gab, waren anfangs neben den sonst nur üblichen Flocken aus Hafer zerkleinerte Eicheln drin, die sehr bitter schmecken. Den daraus zubereiteten »Haferbrei« aß man trotzdem. Marmelade verdiente diesen Namen gar nicht, sie sah schon so unecht aus. Sie schmeckte nach Kartoffelbrei, der mit roter Farbe und Zucker zubereitet worden war. Darin fand man nicht einmal eine Frucht oder Fruchtfleisch. Um nicht zu verhungern, mussten irgendwie Nahrungsmittel beschafft werden, vor allem auch, um den nächsten Winter zu überleben.

Heidelbeeren und Pilze

Bereits im Sommer 1945 waren in Dahme keine frei laufenden Sowjetsoldaten mehr zu sehen. Ab und an fuhr nur ein Armeelaster durch den Ort, auf dessen Ladeflächen Rotarmisten saßen. Soldaten wurden anscheinend vor allem per Laster von Ort zu Ort transportiert. Die Bevölkerung, vor allem Frauen, konnten von ihnen dadurch nicht mehr belästigt werden. Wir konnten uns nun in Wälder wagen, um Heidelbeeren und Pilze zu sammeln, blieben aber stets vorsichtig. So fuhren wir mit Fahrrädern immer nur in Gruppen, denn auch Fahrräder waren sehr begehrt bei Soldaten.

Stoppeln auf abgeernteten Feldern

Nach der Getreideernte ging es zum Stoppeln, das war Einsammeln von auf abgeernteten Feldern noch herumliegenden Ähren. Dabei musste man immer schnell sein, denn an den Rändern der Felder, die von Bauern gerade abgeerntet wurden, standen oft schon viele andere Menschen, die wie wir auch sofort auf Felder stürmten, wenn die Bauern die Felder freigaben. Tagelang fuhr ich nach der Schule von Feld zu Feld, das gerade abgeerntet wurde, um abends mit einem vollen Säckchen nach Hause zu kommen. Ähren wurden zu Hause zwischen zwei Tüchern mit einem Holzhammer beklopft, damit möglichst viele Körner aus ihren Ähren fallen. Anschließend kamen leere Ähren in den Abfall und die leichten Spelzen mussten nun von den Körnern weggepustet werden. Körner wurden dann in einer Kaffeemühle gemahlen. Jeden Morgen gab es zum Frühstück eine warme Suppe, die aus Wasser, etwas Salz und Körnerschrot bestand.

Nach der Kartoffelernte ging es wieder zum Stoppeln: Abgeerntete Felder wurden durchgehackt und aufgefundene Kartoffeln eingesammelt. Wenn ich aus der Schule kam, musste ich mich nach dem Mittagbrot mit meinem alten Klapperfahrrad, einer Hacke und einem Sack auf den Weg in die Umgebung machen, um Äcker zu finden, auf denen Bauern gerade ernteten. Das war leicht zu erkennen, weil dort schon viele Menschen an den Rändern standen und darauf warteten, dass die Bauersleute das Feld verließen. Dann stürmten die Wartenden auf den Acker und jeder versuchte ein Ackerstück zu ergattern für die Jagd nach ein paar Kartoffeln.

Anfangs blieb ich in der Nähe von Dahme, dann wagte ich mich weiter weg. weil dort die Anzahl der Stoppelnden geringer war. Man konnte zwar mehr Kartoffeln einsammeln, der Transport nach Hause mit dem Fahrrad wurde aber schwieriger. Von einer Mitschülerin, die vom Land kam, erfuhr ich, dass es in einem Areal feuchte Böden gibt, daran zu erkennen, dass dort die Böden dunkler sind und einzelne Schilfinseln zwischen Feldern vorkommen. Sofort fuhr ich zur Besichtigung dorthin. Es war schon später Nachmittag und auf einem der Felder erntete eine Bauernfamilie gerade Kartoffeln, Stoppler waren nicht auszumachen. Also machte ich mich am nächsten Morgen in aller Frühe mit Angehörigen auf den Weg dorthin. Die Räder wurden im Schilf versteckt. Wir gingen an die Arbeit, beobachteten aber ständig die Umgebung. Als dann in der Ferne eine Gruppe von Fahrradfahrern auftauchte, mussten wir annehmen, dass es sich um suchende Stoppler handelt. Wir verschwanden sofort mit den Hacken im Schilf, damit sie uns nicht entdecken konnten. Das klappte meistens gut, sie fuhren weiter.

Nach der Rübenernte ging es wieder zum Stoppeln. Es wurde nach im Boden verbliebenen Pfahlwurzeln von Zuckerrüben

gesucht, weil in ihnen noch Zucker war. Die Wurzeln wurden gekocht, dann zu Mus zerstampft und mit Brot gegessen. Das Mus schmeckte gar nicht gut, es half aber gegen den Hunger.
Weil wir eifrig zum Stoppeln gingen, hatten wir für den Winter mehrere Zentner Kartoffeln.

Kalte Hungerwinter

Die Winter waren damals in der Mark Brandenburg sehr kalt und der Hunger groß. Von den Lebensmittelkarten konnte man kaum existieren. Wir hatten aber immer genügend Kartoffeln und Körnerschrot für unsere Suppe zum Frühstück. Es gelang uns von Bauern Mohrrüben und Weißkohl zu kaufen. Mohrrüben hielten sich gut in einem Sandhaufen in einer Kellerecke und aus Weißkohl stellten wir in einem Fässchen Sauerkraut her.

Jedes Schulkind bekam in der großen Pause ein dunkles Roggenbrötchen (Schusterjunge genannt). Zum Mittagbrot gab es immer Kartoffeln und wenn unser Hunger nachmittags zu groß wurde, schälten wir eine große Kartoffel, zerrieben sie mit einem Reibeisen, stellten per Tauchsieder etwas kochendes Wasser her (wenn nicht gerade Stromsperre war) und gossen es über die Kartoffelmasse. Es entstand daraus eine sämige Suppe, die mit etwas Salz gar nicht so schlecht schmeckte und der Hunger setzte für eine Weile aus.

Feuerholz konnte man sich über Forstämter kaufen. 1945 wurden Stämmchen von heranwachsenden Bäumchen verkauft. Der Wald war bei der Besetzung durch die Rote Armee irgendwie in Brand geraten. Das Holz war aber nicht vollständig verbrannt. Die Stämmchen waren zwar ringsherum verkohlt, hatten aber innen drin noch helles Holz. Da es keine Möglichkeit gab, besseres Holz zu ergattern und die Stämmchen leicht abzusägen oder abzuhacken waren, griffen einige zu. Die Stämmchen wurden dann per Handwagen nach Hause transportiert. Durch ihre Beschäftigung im verrußten Wald waren die »Holzarbeiter« ebenfalls rußgeschwärzt, wenn sie mit ihrer teilverkohlten Ladung daheim ankamen. Das Holz musste anschließend immer zerkleinert werden durch Sägen und Hacken, um eine »Miete« aufbauen zu können.

Als sich herumgesprochen hatte, dass ein Forstamt 6 km von Dahme entfernt Holz verkaufte, sollte ich als Vierzehnjährige zum Holzkauf dorthin gehen.
Es war Winter, deshalb zog ich eine alte, schwarze Pelerine aus dickem Wollstoff mit einer großen Kapuze an. Mein Großvater hatte sie bei winterlichen Radfahrten getragen. Bei mir reichte sie fast bis zum Boden.

Die Landstraße war schon schneefrei, aber voller Pfützen. Auf angrenzenden Wiesen und in Wäldern lag noch Schnee. Fast eine Stunde war ich bereits auf der Landstraße unterwegs, als ich hinter mir einen Laster hörte. Kurz sah ich mich um, es war ein Sowjetfahrzeug mit aufsitzenden Rotarmisten. Die Kapuze zog ich noch tiefer ins Gesicht. Kurz hinter mir fuhr der Laster langsamer. Dann fuhr er gemächlich an mir vorbei, um feststellen zu können, wer da läuft. Ich ging tapfer auf der Straße weiter, wohlwissend, dass ich verloren wäre, wenn ich in den Wald rennen würde. Die Pelerine war zum Glück so lang, dass nicht gesehen werden konnte, dass ich, wie damals üblich, Strümpfe anhatte und nicht lange Hosen wie ein Junge. Der Fahrer beschleunigte das Tempo wieder und ich erholte mich von meinem Schreck.

Als ich am Forstamt ankam, war das Holz bereits verkauft. Mit leeren Händen musste ich mich auf den Rückweg machen. Es war inzwischen um die Mittagszeit, die Sonne schien. Ich schwitzte unter der Pelerine, behielt sie aber an, sie hatte mich wahrscheinlich vor Schlimmerem bewahrt.

Für den nächsten Winter hatten wir sogar einige Briketts. Aus der Lausitz kamen Frauen mit der Kleinbahn nach Dahme, deren Männer im Braunkohlebergbau arbeiteten. Sie wollten zwei Zentner Brikett gegen einen Zentner Kartoffeln tauschen. Das sprach sich herum. Wir gingen zum Bahnhof und fanden dort zwei Frauen, die noch nach Tauschpartnern suchten. Wir waren schnell handelseinig geworden.

In den stets ungeheizten Schlafzimmern herrschten oft Minusgrade. Auf den Matratzen hatten wir Unterbetten, das waren mit Federn gefüllte Bettstücke, auf die dann das Bettlaken kam. Die Oberbetten waren prall gefüllt mit Federn und Daunen. Es dauerte eine Weile bis wir in den eiskalten Betten warm wurden. Nur im Bett wurde man in kalten Wintern wirklich warm. Am nächsten Morgen ging das Frieren weiter, nur die Küche war etwas wärmer, weil dort schon früh ein Holzfeuer brannte, um die Frühstückssuppe kochen zu können.

Wenn die Außentemperatur unter -30°C sank, floss kein Wasser mehr aus der Wasserleitung. Es gab nur noch Wasser aus einem Hydranten auf der Straße gleich für mehrere Wohnhäuser. Anwohner mussten mit Eimern zum Hydranten kommen. Aus einem großlumigen Rohr floss Wasser in die Eimer. Am Rohr befand sich kein Wasserhahn. War der nächste Eimer nicht schnell genug zur Stelle, lief das Wasser auf die Straße. Der Wasserfluss wurde nicht gestoppt, weil das Wasser im Metallrohr sonst sofort gefror.

Neuer Pfarrer

Anfang 1946 fiel uns ein sehr dünner Mann mittleren Alters auf, der sich beim Gehen auf einen Stock stützte und Passanten stets freundlich grüßte. Er litt unter Muskelabbau, entstanden durch Hungern in russischer Kriegsgefangenschaft. Es sprach sich herum, dass er der neue evangelische Pfarrer sei. Bald zog er mit Frau und acht Kindern im Pfarrhaus ein. Er konnte auch wieder normal laufen, seine Skelettmuskeln hatten sich wieder aufgebaut. Eine seiner Töchter kam in meine Klasse. Es dauerte nicht lange, da fuhren mehrere Pfarrerskinder zur Erholung in die Schweiz und nicht zum Beispiel ein Kind einer Frau, die aus dem besetzten Königsberg mit zwei kleinen Kindern nach Dahme gekommen war. Sie hatte dort hungernd in Ruinen gehaust und dabei ihr jüngstes Kind verloren. Die beiden überlebenden Kinder waren wegen Nahrungsmangel im Wachstum zurückgeblieben. Als die Pfarrerstochter, zurückgekehrt aus der Schweiz, wieder in meine Klasse kam, hatte sie auch noch ein wunderschönes neues Kleid aus dickem Wollstoff an. Dort hat es also auch noch Bekleidung für Pfarrerskinder gegeben. Kirchen existieren von den finanziellen Zuwendungen ihrer Mitglieder. Ich glaube nicht, dass Kirchensteuerzahler damit einverstanden sind, dass sich mit ihrem Geld erst einmal Pfarrersleute versorgen. Christliche Nächstenliebe sieht anders aus! Kann man sich da noch wundern, dass sich viele Menschen von der Kirche abwenden?

Aus russischer Kriegsgefangenschaft war auch der Onkel einer Schulkameradin zurückgekehrt, um zu sterben, wie es hieß. Durch ständiges Hungern mit Eiweißmangel wurden zuerst Skelettmuskeln abgebaut und dann der Herzmuskel zur Eiweißbeschaffung für den Körper angegriffen. Der entstandene

Herzmuskelschaden konnte durch eiweißhaltige Nahrung nicht rückgängig gemacht werden. Bald hörten wir von seinem Tod.

Handel auf dem Schwarzmarkt

In der Ostzone gab es oft Stromsperren. Für Bauern war das sehr lästig, weil sie auch im Winter abends noch melken und füttern mussten. Da konnten nur Kerzen helfen und Kerzen waren kaum zu bekommen. Komischerweise wurden auf Schwarzmärkten in Westberlin ständig ca. 25-30 cm lange helle Kerzen angeboten, die einen Durchmesser von ca. 5 cm hatten. Da begannen wir mit Kerzen zu handeln. Auf dem Schwarzmarkt bekamen wir für Mehl Kerzen und bei den Bauern für Kerzen Mehl. Bei dem Handel blieb für uns immer Mehl übrig, aber auch ein paar Kerzen. Als Vierzehnjährige fuhr ich manchmal nach Berlin zum Schwarzmarkt am Potsdamer Platz. Handeln auf Schwarzmärkten war von allen Besatzungsmächten strikt verboten. Bahnfahrer, die auf dem Weg nach Berlin waren, wurden deshalb oft gefilzt. Jugendliche, die Schulmappen und Sporttaschen als Gepäck dabei hatten, wurden meist nicht durchsucht. Ich gelangte mit meinem Gepäck immer ungeschoren zum Schwarzen Markt. Der Schwarzmarkt am Potsdamer Platz war günstig, hier war ein Dreiländereck, sowjetischer, britischer und amerikanischer Sektor grenzten aneinander.

Auf Schwarzmärkten liefen Händler langsam umeinander, jeder verkündete ständig, was er dabei hatte und/oder was er suchte. Auch ich bewegte mich langsam durch die Menge und teilte mit, dass ich Mehl gegen Kerzen tauschen wolle. Mehr als die Hälfte des Mehls hatte ich schon günstig gegen Kerzen getauscht, als mir ein alter Mann plötzlich auf die Schulter tippte und schrie: «Mechen (Mädchen) lof hinter mir her«, die Stupo (Stummpolizei , der Polizeipräsident von Westberlin hieß Stumm) macht eine Razzia!« Ich merkte schnell worum es ging: Etliche Lastwagen waren vorgefahren, Polizisten sprangen von den Ladeflächen und stürzten sich auf Schwarzhändler. Die Razzia begann. Ich war hinter dem älteren Mann hergelaufen, er kletterte plötzlich auf Trümmer einer Ruine und sagte:»Hier ist der russische Sektor, hier darf die Stummpolizei nicht hin, hier sind wir sicher!«

Ich kletterte auf einen Ruinensockel und sah mir das Spektakel von weitem an. Polizisten hatten schon eine größere Gruppe von Händlern eingekreist, trieb sie zu den Lastwagen und dort mussten die Erwischten auf die Ladeflächen steigen.
Dann fuhren die Laster davon. Der Platz füllte sich langsam wieder, es wurde weitergehandelt. Die Polizei hatte jetzt doch wohl mehr zu tun als sich um die noch verbliebenen Schwarzhändler zu kümmern. Auf dem Rückweg nach Dahme hatte ich auch noch Glück, im Zug wurde ich nicht gefilzt.

Arbeit auf einem Bauernhof

In den großen Ferien fuhr ich zwei Jahre nacheinander in die Gegend von Perleberg zu weitläufigen Verwandten, die dort einen Bauernhof besaßen. Die Kollektivierung erfolgte ja erst später. Ich half bei der Ernte. Meine Familie behielt meine Lebensmittelkarte und hatte dadurch mehr zu essen.

Die Arbeit war hart. Gemähtes Getreide wurde damals in sogenannten Puppen auf den abgemähten Feldern aufgestellt. Es wurde nur gemäht, wenn die Sonne schien, denn die aufgestellten Puppen mussten draußen trocknen. Abends hatte man

Kopfschmerzen wegen der starken Sonneneinstrahlung und zerstochene Arme vom Stroh. Am nächsten Morgen ging die Arbeit auf den Feldern weiter, wenn die Sonne schien. Nach der Getreideernte folgte die Kartoffelernte. Zwischen den Ernten musste ich Kühe hüten mit Molli, dem Hofhund. Im zweiten Jahr blieb ich vom Beginn der Sommerferien bis zum Ende der Herbstferien dort. Für die Schule war das kein Problem, es wurden ja ständig Vertriebene eingeschult, die auch Zeitlücken hatten.

Auf dem Bauernhof musste ich keinen Hunger mehr ertragen, arbeitete aber fast nur für das Essen. Wenn ich zurückfuhr, bekam ich Rückfahrgeld, Bahnfahren war damals billig, einige Äpfel, ein kleines Stück Speck und von den Kartoffeln konnte ich so viel mitnehmen, wie ich tragen konnte. Keine Rede war davon, dass ich nun Löcher in den Socken hatte und meine Schuhe bei dem Unternehmen sehr gelitten hatten. Bauern waren dafür bekannt, dass sie schäbig waren.

Zugfahrten

Auf der Rückfahrt musste ich in Wittenberge umsteigen. Der Zug, der nach Berlin fuhr, traf schon überfüllt ein. Sowohl auf Trittbrettern als auch auf Außentreppen an beiden Seiten mancher Waggons standen Menschen. Ich muss wohl recht ratlos dagestanden haben. Ein älterer Mann kam auf mich zu, er sagte nur: «Komm mit!» Er nahm meinen Rucksack und bat Leute für den Rucksack etwas Platz zu machen auf der untersten Stufe der Außentreppe eines Waggons. Er holte eine Strippe aus seiner Jackentasche und band den Rucksack am Geländer fest. Er bat dann die Treppensteher noch etwas zusammenzurücken, damit ich auch noch mitfahren könne. Es rührte sich niemand. Für mich gab es keinen Platz mehr. Ich befürchtete schon, dass mein Rucksack nun ohne mich nach Berlin fahren würde. Als das Pfeifensignal für die Abfahrt ertönte, schob ich schnell noch meine vorderen Fußhälften von der Geländeraußenseite aus unter meinen Rucksack auf der Treppe, meine Hacken hingen in der Luft über den Gleisen, am Geländer konnte ich mich gut festhalten. Ich befand mich zwischen zwei Waggons und sah unter mir die Gleise. Ich fand das gar nicht gefährlich, sondern war nur froh, dass ich bei meinem Rucksack bleiben konnte. Versprochen hatte ich nur, mich nicht auf ein Trittbrett vor Waggons zu stellen oder auf ein Zugdach zu setzen wegen der Tunnels. Jetzt hing ich ja nur zwischen zwei Waggons. Nach einigen Stationen bekam ich einen Platz auf der Treppe, weil jemand ausstieg.

Zum Übernachten ging ich zu einer Westberliner Freundin, sie schrie vor Lachen als sie mich sah. Dampfloks wurden damals mit Braunkohle beheizt. Rauch der Lokomotive war während der Fahrt ständig an mir vorbei gestrichen. Mein Gesicht war verrußt, aber am dollsten sah mein Haaransatz aus, da hatten sich Rußkörnchen festgesetzt.

So vergingen ein paar Jahre und wir waren immer heilfroh, wenn ein Winter überstanden war. Als Andenken an die kalten Wintermonate hatten wir Erfrierungsstellen an Fingern und Zehen, die auch noch Jahre danach kribbelten, wenn die Außentemperatur unter den Gefrierpunkt sank. Ich musste noch oft an Lenchens Erfrierungen denken, wie ist es ihr wohl noch ergangen?

Währungsunion

1948 kam die Währungsunion in Westdeutschland. Auch in Westberlin waren über Nacht alle Geschäfte voll Ware. Wir standen vor den Schaufenstern und staunten. Als es dann wenige Wochen später Ostmark gab, öffneten sich Wechselstuben, es konnten Ostmark in Westmark getauscht werden. Eine DM kostete wenigstens vier Ostmark. Jeden Morgen informierten wir uns über den Wechselkurs des Tages im RIAS (Rundfunk im amerikanischen Sektor).

Wir tauschten oft DM ein: Anfangs kauften wir Bücklinge kistenweise ein, sie waren sehr günstig und schmeckten uns besonders gut, weil Bücklinge in der DDR nicht zu haben waren. Die Hungerei hörte schlagartig auf, weil wir in Westberlin Lebensmittel kaufen konnten.

Der Wechsel nach Ostberlin

Ende 1950 zogen wir um nach Ostberlin. Ich war schon in der 12. Klasse. In der DDR wurde nach 12 Schuljahren das Abitur abgelegt. Nach dem Schulwechsel an die Fridtjof-Nansen-Schule in Berlin-Oberschöneweide (Ostberlin) hatte ich noch vier Monate Zeit Lücken zu schließen für die Klausuren in Deutsch, Mathe, Latein, Englisch und Russisch.

In Dahme hatten wir teilweise Neulehrer mit Schnellbleiche. An der Fridtjof-Nansen-Schule unterrichteten in der 12. Klasse sogar noch zwei Studienräte. Ein 69 Jahre alter Mathematiklehrer und ein 70- jähriger Deutschlehrer.

Der Unterricht in Berlin war noch stärker mit kommunistischer Ideologie befrachtet als an meiner Schule in Dahme. Fremdsprachen waren da noch am angenehmsten, obwohl es in Englisch und Russisch auch ideologische Texte gab. Chemie bestand aus Reagenzglasunterricht. Warum das wohl so war, konnte ich mir gut vorstellen, weil ich in Dahme als Schülerin helfen durfte, den Chemiebereich der Oberschule aufzuräumen und zu reinigen. Ich ging davon aus, dass es an Berliner Schulen wohl die gleiche Ursache hatte.

Bis 1951 ging ich zur Schule. Die DDR war bis dahin noch nicht in der Lage, Glasgeräte für den Chemieunterricht an Schulen herzustellen. Biologieunterricht fand überhaupt nicht statt, in Ostberlin gab es einen Mangel an Biologielehrern. Dann kam frohe Kunde. Eine Biologin, die in Jena gerade ihr Biologiestudium absolviert hatte, sollte als Lehrerin zu uns kommen. Sie war aber eine große Enttäuschung. Jede Stunde setzte sie sich vorn ans Pult kauerte vor ihrem Manuskript und las ohne Punkt und Komma wissenschaftlichen Kram von ihren Papieren ab. Wir nahmen an, dass es sich dabei nur um ihre Vorlesungsmitschriebe handeln konnte, denn es gab überhaupt keinen Bezug zum Lehrplan. Schüler durften damals nicht kritisieren und so hielten wir den Mund.

Sehr beliebt war unsere Englischlehrerin, ihr Unterricht war immer lebendig und interessant. Sie war Kriegerwitwe und hatte drei Kinder. Begegnete man ihr auf der Straße, war sie fast immer in Begleitung eines jungen Mannes, der links neben ihr eingehakt einher lief, und an die zwanzig Jahre jünger zu sein schien. In der Klasse erzählte man sich, dass dieser ständige Begleiter erst vor wenigen Jahren sein Abitur an der Fridtjof-Nansen-Schule abgelegt habe. Seitdem seien die Beiden ein Paar. Ein Jahr später traf ich sie zufällig während der Pause in der Städtischen Oper. Die ehemalige Englischlehrerin kam gleich auf mich zu und erzählte mir, dass sie aus politischen Gründen Schwierigkeiten bekommen habe und sie deshalb die DDR verlassen hätten.

Während meiner Schulzeit in Dahme gab es sogar drei Lehrerinnen, die Affären mit Schülern der Oberstufe hatten, diese Lovestories führten dann auch später zu Ehen, die nicht lange gehalten haben sollen. Für uns war nicht verständlich, dass diese Lehrerinnen nicht strafversetzt wurden und sich die ganze Stadt über diese Affären mit Schülern weiterhin empören konnte. Ursache für diese ungleichen Paarbildungen war wohl Männermangel nach dem Krieg.

Demonstration

Eines Tages wurde Schülern der Fridtjof-Nansen-Schule mitgeteilt, dass wir zu einer Demonstration vor dem Fernsehen zu erscheinen hätten. Ein farbiger amerikanischer Soldat sei nach Ostberlin desertiert und werde auf einer Veranstaltung gegen die amerikanische Politik protestieren. Wir sollten dazu riesige Plakate mit den uns genannten antiamerikanischen Texten herstellen. Dazu bekamen wir großformatiges Plakatpapier, dick schreibende Stifte und entsprechende Holzstecken. Jedes dieser großen Plakate konnte nur von zwei Schülern getragen werden. An einer uns genannten Straßenecke rollten wir die Plakate aus und gliederten uns in den Protestzug ein. Bald darauf marschierten wir an einer Bühne vorbei, auf der dieser Deserteur stand und lautstark seine Anschuldigungen gegen die USA vorbrachte, eine Dolmetscherin übersetzte ins Deutsche und das Fernsehen nahm alles auf. Wir marschierten artig an der Bühne vorbei. Keine fünfhundert Meter weiter hatte sich schon alles verändert. Auf einer kleinen Grünfläche hatten sich schon vor uns etliche »Demonstranten« ihrer Plakate entledigt. Das taten wir auch. Wir lehnten unsere Plakate an einen dicken Baumstamm, und machten, dass wir wegkamen, damit wir womöglich nicht aufgegriffen werden konnten. Anscheinend war das den Veranstaltern auch unwichtig, denn der Demonstrationszug war im Fernsehen zu sehen gewesen.

Abitur

Sechs Monate nach der Umschulung hatte ich dann mein Abitur in der Tasche. Die mündliche Prüfung hatte in einem saalartigen Raum stattgefunden. Außer den Lehrern und dem Prüfungsvorsitzenden waren mehr als zehn »Blauhemden« als Beisitzer anwesend, wie es hieß, waren diese FDJ-Angehörigen Delegierte von Betrieben und Behörden.

Vortrag von Walter Ulbricht

Ostberliner Schüler mussten nach dem Abitur zu einem Vortrag von Walter Ulbricht. Wir standen vor dem betreffenden Gebäude in der Nähe des Brandenburger Tores und wurden erst eingelassen, nachdem eine Wagenkolonne vorbei gerauscht war. Eine der großen Limousinen besaß an den Rücksitzfenstern schwarze Gardinen. Wir vermuteten, dass sich dahinter Walter Ulbricht verbarg. Anschließend durften wir das Gebäude betreten und mussten in einem großen Vortragssaal noch eine Weile warten. Dann betrat endlich Walter Ulbricht die Bühne. Beifall brandete auf. Wir vermuteten, dass in den beiden vorderen Reihen Claqueure Platz genommen hatten, die mit dem Klatschen begannen, alle anderen machten natürlich mit, es war anzunehmen, dass die Stasi ebenfalls anwesend war. Ulbricht sah während der ungefähr einstündigen Rede nie ins Publikum, sondern weil er quer stand, links an die Wand. Wir vermuteten, dass es dort ein Textlaufband gab, von dem er seine Sprüche ablas. Er sah auch nie auf das Podest, hatte wahrscheinlich nicht einmal ein Manuskript dabei. Wenn es zwischendurch Beifall gab, trank er Wasser aus einem Glas. Wir waren froh als seine Phraseologie endlich vorüber war und verließen schweigend den Saal. Wir amüsierten uns über diese Veranstaltung erst, als wir keine Zuhörer mehr hatten.

Aufräumen und Ausgehen

Zwei Tage nach der Abiturprüfung kam meine ältere Schwester, sie half mir meine Arbeitsecke auszuräumen. Viel hellblaues sehr dünnes Papier hatte ich beschrieben und weiß gar nicht mehr, wo ich das viele Papier damals herbekommen hatte. Ausgeliehene Hefte von Schulkameradinnen schrieb ich seitenweise ab, denn übereinstimmende Lehrpläne für Ostberlin und das Brandenburger Umland existierten nicht. Vor Klassenarbeiten arbeitete ich oft bis drei Uhr nachts. Mathematik ließ ich links liegen, die Lücken waren zu groß, das war nicht mehr aufzuholen. Ein Fach mit schlechter Note konnte ich mir leisten. Nun füllten wir die papierne Hinterlassenschaften meiner kurzen Berliner Schulzeit in zwei Einzentnersäcke.

Am nächsten Tag genehmigte ich mir einen Ausflug nach Westberlin. Natürlich wollte ich zum Ku-Damm und dort einfach nur spazieren gehen. Am Bahnhof Zoo sprach mich ein Mädchen meines Alters an, sie fragte, wo es hier Cafés gibt. Ich nahm sie mit zum Ku-Damm und sie erzählte mir auf dem Weg dorthin ihr Vorhaben. Sie hieß Gisela und kam aus Neuruppin. Ihr Vater war gefallen, sie hatte noch zwei jüngere Geschwister. Die Mutter arbeitete und verdiente sich ein Zubrot durch Verkauf von Kaffeebohnen, indem sie grüne Bohnen preisgünstig im Großhandel einkaufte, in Neuruppin röstete und Gisela nach Westberlin schickte um die Bohnen in Cafés für DM zu verkaufen. Ich begleitete Gisela zu drei Cafés und beobachtete ihre Verkaufsgespräche, das machte sie wirklich gut.

Als alle Kaffeebohnen verkauft waren, standen wir noch eine Weile an einem Zeitungskiosk und amüsierten uns über die Abbildungen auf westlichen Illustrierten. Da gesellte sich ein blutjunger amerikanischer Soldat zu uns. Zuerst dachten wir, er suche wohl eine deutsche Freundin, dem war aber nicht so. Er erzählte uns gleich, dass es ihm sehr schlecht gehe. So kamen wir mit ihm ins Gespräch. Sein Name war Johny, er stammte aus Tennessie und war Wehrpflichtiger. Nun machte er sich große Sorgen um seine Zukunft, weil er zur Teilnahme am Koreakrieg abkommandiert worden war und laut Marschbefehl schon in zwei Tagen seinen Kriegsdienst in Korea antreten musste. Er erzählte uns, wie grausam dieser Krieg gegen die ideologisch aufgeheizten Koreaner sei, und sprach über seine Furcht, den Feinden lebend in die Hände zu fallen. Er hatte das Käppi nicht auf dem Kopf, wie es bei dem Ausgang amerikanischer Armeeangehöriger vorgeschrieben war, deshalb wunderte er sich, dass ein vorbeigehender Offizier ihn nicht ansprach. Wir haben uns dann noch lange mit ihm unterhalten, sind auf seine Sorgen eingegangen, haben versucht, ihn zu trösten. Gisela und ich hatten als Kinder einen grausamen Krieg erlebt und konnten nachvollziehen, wie schlecht es ihm ging. Wir verstanden auch nicht, dass die große USA jugendliche Soldaten in den grausamen Koreakrieg schickte. Nach über einer Stunde trennten wir uns. Johny hätte gern mit uns Briefkontakt gehabt, das ging aber nicht, weil wir in der DDR wohnten. Beim Abschied wünschten wir ihm alles Gute und Gottes Beistand.

Gisela hatte auch einen großen Kummer. Ihr Freund, ein Balte, der aus Riga stammte, war 1950 als Schüler der 12. Klasse von der Stasi abgeholt worden. Niemand wusste warum. Nicht einmal die Eltern erfuhren, wo er inhaftiert war. Gisela wollte in Neuruppin bleiben und auf ihn warten. In der DDR waren Balten besonders gefährdet, weil sie vor der Roten Armee aus den Baltikum geflohen waren.

Weimar

Eine kurze Urlaubsreise in den Thüringer Wald zu Verwandten unternahm ich auch noch. Die Rückfahrt von Suhl unterbrach ich in Weimar. Auf dem Weg durch den Park zu Goethes Gartenhaus, sprach mich eine ältere Dame an. Sie warnte mich, nach einer Besichtigung des Gartenhauses noch tiefer in den Park zu laufen. Vor wenigen Tagen seien dort zwei Mädchen ermordet aufgefunden worden. Die Zeitungen hätten dazu geschwiegen. Die Bevölkerung wusste sofort Bescheid, die Täter waren Sowjetsoldaten. Über Verbrechen des großen Bruders dürfe nicht berichtet werden.

Studium in Potsdam

Mein größter Berufswunsch war eine Gesangsausbildung. Ich hatte eine sehr hohe und besonders mächtige Stimme. Häufig war ich in der Städtischen Oper auf dem »Olymp«, Plätze in der obersten Etage kosteten nur eine DM. Dieser Wunsch war zu Hause nicht zu vermitteln. Ich musste auch realistisch sein, wo hätte ich denn üben können.

Medizin hätte ich auch sehr gern an der Humboldt Universität in Berlin studiert, das ging leider nicht, wegen einer Allergie an den Händen mit ständig mehreren offenen Stellen an den Fingern, die stark nässten. Da entschied ich mich zu einem Biologiestudium an der Pädagogischen Hochschule in Potsdam. Dort gab es sowohl eine Pädagogische als auch eine Allgemeinwissenschaftliche Fakultät. Besonders wichtig war für mich auch, dass ich in Potsdam ein Zimmer erhalten konnte. Bei einem Studium in Berlin hätte ich kaum Aussicht gehabt, ein Zimmer vermittelt zu bekommen.

Auf dem Studentensekretariat in Potsdam legte ich ein Papier von meinem Vater vor, aus dem hervor ging, dass er zur Technischen Intelligenz der DDR gehörte und deshalb bestimmen könne, welche Berufsausbildung seine Kinder erhalten sollten, mit der Aussicht auf Zahlung eines erhöhten Stipendiums. Ich wurde sofort in die begehrte Allgemeinwissenschaftliche Fakultät aufgenommen. Das Berufsziel war Diplombiologin. Da Lehrer gebraucht wurden, landeten die meisten Studienanfänger in der Pädagogischen Fakultät.

Dann erhielt ich noch die Anschrift für ein Zimmer in der Innenstadt, dort zog ich auch ein. Die Vermieterin kannte eine Sekretärin vom Studentensekretariat sehr gut und bat diese, ihr keine Kommunistin zu schicken. Aus meinem Anmeldeformular ging hervor, dass ich damals nicht Mitglied in der FDJ war und deshalb hatte ich das Zimmer bekommen. Ich war froh, nicht in einem Mehrbettzimmer eines der Studentenwohnheime gelandet zu sein, weil man dort nie wusste, wer von den Mitbewohnern womöglich ein Spitzel ist. Ich erhielt ein Stipendium, das ausreichend war, nun war ich unabhängig von den Eltern und das war für mich sehr wichtig.

Die Hochschule war im Neuen Palais untergebracht. Auf dem Weg dorthin ging ich die Brandenburger Straße entlang, an der Friedenskirche vorbei in den Park von Sanssouci, dort zur Hauptallee und dann geradeaus zum Neuen Palais. Auf dem Weg dorthin sah ich jedes Mal das Schloss Sanssouci und das Chinesische Teehaus. Ich freute mich immer schon auf diesen Weg.

In der warmen Jahreszeit fiel auf, wie viele Studenten in blauen FDJ Hemden herumliefen. Eine Ursache dafür war wohl auch, dass es damals an dieser Hochschule eine große Arbeiter- und Bauernfakultät gab. Dort konnten Arbeiter- und Bauernkinder das Abitur nachholen. Vermutlich kamen dort vor allem Jugendliche zur Weiterbildung, von denen angenommen werden konnte, dass sie staatstragend sind. Viele waren auch zu Recht dem DDR-Staat dankbar für die Aussicht, das Abitur kostenlos nachholen und anschließend studieren zu können. Wegen des Anblicks der vielen Blauhemdenträger/innen vergaßen wir nicht, vorsichtig mit kritischen Äußerungen zu sein.

Das Studium bestand aus Studienjahren und war schulmäßig aufgebaut. Es gab feste Stundenpläne. Wir hatten im ersten Studienjahr 34 Wochenstunden »Unterricht« und liefen täglich in der gleichen Gruppe von Veranstaltung (Vorlesung oder Praktikum) zu Veranstaltung. Nach jedem Studienjahr gab es Prüfungen. Wer sie bestand, durfte weiterstudieren.

 Lehramtsstudenten hatten bei Hochschulprofessoren noch zusätzliche Vorlesungen zu Didaktik des Biologieunterrichts. Sie gingen in Schulen zum Hospitieren und Lehrproben abhalten unter Aufsicht von PH Professoren.

Ich habe begeisterte Lehramtsstudenten in Potsdam erlebt, sie warben sogar bei Studenten der Allgemeinwissenschaftlichen Fakultät, die Diplombiologen werden wollten, für den Lehrerberuf, weil das doch Spaß mache.

Da haben Referendare in der Bundesrepublik ein anderes Dasein, weil sie es mit Lehrern und Fachleitern, die Lehrer waren, zu tun haben, die oft keine andere Berufsmöglichkeit gehabt hatten als den Lehrerberuf an Schulen. Den Referendaren können sie nun aber vorführen, wie mächtig sie sind. Kommt dann ein Referendar bei Schülern besser an als der Lehrer selber, wird es für den Referendar sehr unangenehm. Das war an der Lehrerausbildung in der DDR besser.

Eine Kommilitonin, mit der ich oftmals zu Veranstaltungen an der Hochschule unterwegs war, stammte von einem kleinen Bauernhof. Sie war zwar regimekritisch, dem Staat aber dankbar für das Stipendium. Sie glaubte, in der Bundesrepublik nie so gefördert worden zu sein.

Brikettklau

Der Winter 1951/52 war sehr kalt und es gab zu wenig Brennmaterial. In der Bude fror man immer. Das Botanische Institut lag in einer Gärtnerei am Rande des Parks von Sanssouci und auf dem Gelände der Gärtnerei befand sich vor einem Gewächshaus ein großer Briketthaufen, den Christa und ich immer neidisch beäugten, wenn wir zur Vorlesung gingen. Der Haufen hatte dort eine Höhlung, wo ständig Briketts für Heizzwecke entnommen wurden. Eines Tages gab mir Christa den Tipp, am nächsten Tag eine alte Mappe mitzubringen und ein paar Briketts zu klauen, es müssten ja nur für jeden fünf

Stück sein. Gesagt, getan. Am nächsten Tag zogen wir nach der Vorlesung ganz langsam die Mäntel an und verließen als Letzte das Institut. Dann bummelten wir langsam in Richtung Briketthaufen. Wir beobachteten die Umgebung, die Luft schien »rein« zu sein. Christa beauftragte mich Schmiere zu stehen und zu pfeifen, falls jemand auftauchen würde und verschwand mit den beiden Taschen in der Höhlung. Plötzlich kam der Obergärtner um die Ecke. Zum Pfeifen war es zu spät, ich bekam vor Schreck eine Schockstarre, sagte zu ihm aber ganz laut: »Guten Abend«, damit Christa merkte, dass da jemand des Weges kommt. Christa hatte es auch vernommen und als der Gärtner an die Höhlung kam, rief sie ganz laut: «Guten Abend, Herr Obergärtner!« Der sah nur kurz zu Christa und lief dann schnell weiter. Zuvor hatte ich befürchtet, dass er nachsehen werde, was in den Taschen am Briketthaufen drin ist. Christa kam dann seelenruhig mit gefüllten Taschen aus der Höhlung und als ich meinte, wir hätten aber Glück gehabt, weil er nicht die Taschen nachgesehen habe, lachte sie nur und erzählte, dass sie den Rock angehoben und so getan habe als ob sie ihre Unterhose hochziehen würde. Diese Nummer konnte aber nur einmal gut gehen. Wir ließen das Brikettklauen sein, denn DDR-Eigentum zu stehlen konnte gefährliche Konsequenzen haben.

Gesellschaftswissenschaften

In der DDR musste nach jedem Studienjahr eine Prüfung abgelegt werden. Schwierig war nur das Fach Gesellschaftswissenschaften, denn wir hatten uns ein Jahr lang wöchentlich vier Stunden unstrukturiertes Palaver anhören müssen. Wer hatte da wohl noch den Durchblick? Ich war frühzeitig zur Prüfung gegangen, um von bereits Geprüften mitzubekommen, wie es ihnen ergangen war. Vor dem betreffendem Gebäude setzte ich mich auf die Treppenstufen. Eine Kommilitonin, die gerade heraus kam, setzte sich spontan neben mich und erzählte mir, welche Fragen ihr gestellt worden waren und wie sie geantwortet hatte. Wir diskutierten noch darüber, bis ich an der Reihe war. Die zweite Frage, die mir gestellt wurde, betraf das Gebiet, worüber auch die Kommilitonin abgefragt worden war und mir per Schnellbleiche einiges darüber beigebracht hatte. Mit diesem Neuwissen hatte ich die Prüfung überstanden.

Republikflucht

1952 verkündete Ulbricht den planmäßigen Aufbau des Sozialismus.

Bauern, kleinen Gewerbe- und Handelsbetrieben wurden erhöhte Abgaben auferlegt, um sie zur Aufgabe ihrer Selbständigkeit zu zwingen. Bauern sollten in LPG's (Landwirtschaftliche Produktionsgenossenschaften) eintreten. Der Flüchtlingsstrom in die Bundesrepublik schwoll durch diese Maßnahmen an. Viele Betroffene verließen die DDR. Die Bevölkerung der DDR bekam das mit, weil im RIAS (Rundfunk im amerikanischen Sektor) jeden Tag die Anzahl derjenigen bekannt gegeben wurde, die am Tag zuvor die »Notaufnahme« in Westberlin beantragt hatten.

Der Kurs gegenüber der Kirche verschärfte sich, etliche Studentenpfarrer wurden verhaftet. Es wurden Maßnahmen eingeleitet, um den Flüchtlingsstrom zu begrenzen: Seit Ende 1952 musste jeder, der die S-Bahn nach Berlin benutzen wollte, seinen Personalausweis bei Vopos (Volkspolizisten), die vor Bahnhöfen standen, vorzeigen. Das betraf auch Potsdam, weil die S-Bahn, die Richtung Ostberlin fuhr, Westberliner Gebiet überquerte. In der DDR war man nämlich dazu übergegangen, DDR-Bürgern, die als nicht regimetreu galten, die Personalausweise abzunehmen, um eine eventuelle Flucht aus der DDR zu verhindern.

In der evangelischen Studentengemeinde sprach sich herum, wie es einem Studenten ergangen war: Zwei junge Vopos suchten ihn in seinem Zimmer auf, um seinen Personalausweis einzuziehen. Der Student bot ihnen an, am Tisch Platz zu nehmen, holte dann seinen Ausweis und legte ihn mitten auf den Tisch. Er verwickelte die Vopos in ein freundliches Gespräch. Dadurch wurden sie wohl abgelenkt und vergaßen den Personalausweis mitzunehmen, als sie gingen. Der Student erkannte sofort seine Chance. Er ergriff den Ausweis, nahm nur Wintermantel und Geldbeutel an sich, ließ sogar seine Hausschuhe an um Zeit zu sparen und verließ das Haus durch den Hinterausgang. Er zog die Kapuze über den Kopf und eilte zum Bahnhof. Den dort diensttuenden Vopos zeigte er seinen Personalausweis und sie ließen ihn auf den Bahnsteig. Es wurde also noch nicht nach ihm gefahndet. Er war aber erst erlöst, als die S-Bahn Westberliner Gebiet erreichte, Hätte man ihn auf der Flucht nach Westberlin erwischt, wäre er sicher gleich ins Gefängnis geworfen worden.

Relegationen

Zweimal in der Woche hatte der Tag für alle Studenten des dritten Studienjahres im Audi max mit einer zweistündigen Vorlesung zum Thema Grundlagen des Marxismus Leninismus begonnen. Dort sah man sich jetzt um, wer wohl fehlte und auch nicht mehr auftauchte. Dafür gab es zwei Möglichkeiten: Flucht oder Gefängnis. Per Flüsterinformation erfuhren wir von dem tragischen Schicksal zweier Sportstudenten, die in einem Studentenwohnheim untergebracht waren. Wenn Stasi-Täter einen Studenten aus dem Wohnheim abholen wollten, schickten sie stets den Hausmeister auf das betreffende Zimmer mit der Anweisung, einen bestimmten Studenten nach unten zu holen, weil dort ein Freund auf ihn warte. Diese Vorgehensweise der Stasileute sprach sich herum. Als nun zwei Sportstudenten kurz nacheinander diese uns allen bekannte Information vom Hausmeister erhielten, sprangen sie aus dem Fenster und versuchten zu fliehen. Das Haus war aber bereits umstellt und sie wurden eingefangen.

Ende 1952 kam es zu Relegationsveranstaltungen im Audi max. Sämtliche Studenten hatten zu erscheinen. Auf der Bühne präsentierten sich FDJ- und Parteifunktionäre. Nacheinander wurden etliche Studenten/innen auf die Bühne befohlen. Wir Zuschauenden wussten nicht, ob ihnen zuvor mitgeteilt worden war, was sie erwartete oder ob sie überrumpelt wurden. Auf der Bühne warfen ihnen Funktionäre DDR- schädigendes Verhalten an Hand von Beispielen vor. Dazu durften sie sich äußern. Manche waren dabei sehr geschickt, obwohl sie davon ausgehen konnten, dass die Würfel gegen sie bereits vor der Veranstaltung gefallen waren. Unter den Beschuldigten waren Mitglieder der Studentengemeinde, aber auch Studenten/innen, die von Kommilitonen verpfiffen worden waren. In Studentenwohnheimen waren Mehrbettzimmer üblich und es war auch bekannt, dass man damit rechnen konnte, im Zimmer auch mit einen Stasi-Spitzel zusammenzuwohnen. Nach dem Verhör eines jeden Beschuldigten musste die Studentenschaft abstimmen, ob der Student/die Studentin zu relegieren sei. Die Spielregeln kannten wir. Die Fachschaft, zu der/die Betroffene gehörte, durfte gegen eine Relegation stimmen, alle anderen mussten zustimmen und das war immer die Mehrheit. Von der Fachschaft Sport fragte anschließend noch ein mutiger Student, warum denn die beiden Sportstudenten kürzlich abgeholt worden seien. Dazu antwortete einer der Blauhemdenträger vom Verhörpersonal. Aus der Tatsache, dass die Beiden fliehen wollten, könne nur geschlossen werden, dass sie viel zu verbergen gehabt hätten.

Nach dem von der Mehrheit »abgesegneten« Rauswurf, wurde den Betroffenen geraten, sich in der sozialistischen Gesellschaft zu bewähren. Zum Beispiel in der Produktion bei den Werktätigen zu arbeiten und auch sozialistischen Organisationen wie der SED oder Deutsch-Sowjetischen Freundschaft beizutreten und dort Parteiarbeit zu leisten.

Zu meinem Entsetzen war auch ein früherer Klassenkamerad aus Dahme auf die Bühne geholt worden, der in einem Studentenwohnheim untergebracht war. An der Art des Verhörs konnte man erkennen, dass er verpfiffen worden war. Nach dieser unwürdigen Veranstaltung sprach ich noch kurz mit ihm. Er war sichtlich geschockt und sagte trotzig, dass er jetzt in alle kommunistischen Organisationen gehen werde, die es gibt, die können kriegen, was sie haben wollen. Später erfuhr ich, dass er in psychiatrische Behandlung gehen musste. Diesem intelligenten jungen Menschen hat man wahrscheinlich die Zukunft verbaut.

Die Pädagogische Hochschule in Potsdam war ein DDR-Kind. Sie war durchsetzt mit Spitzeln und Aparatschiks. Nach der Relegationsveranstaltung standen viele unter Druck, wer hatte nicht auch schon einmal etwas DDR-Kritisches geäußert? Und was würde geschehen, wenn man von einem Spitzel denunziert würde wegen einer Äußerung, die man nicht gemacht hatte?

Stalins Tod

Am 5.März 1953 starb Stalin. Alle Studenten mussten zu einem Trauermarsch durch die Stadt Potsdam antreten. Es war ein düsterer, kalter Tag. Der Trauerzug führte am Brandenburger Tor vorbei. Dort standen etliche Studenten/innen, die an der Hochschule ständig Blauhemden trugen mit geschulterten Gewehren. Was diese Bewaffnung bedeuten sollte, war uns nicht klar.

Während des mehrstündigen Trauermarschs durch die Stadt, tönte aus Lautsprechern im gesamten Stadtgebiet der Trauermarsch der Bolschewiki.

Verlassen der DDR

Im Frühjahr 1953 mussten fast alle Studenten zu einem Gespräch durch einen Funktionär erscheinen, das man auch Verhör nennen kann. Dort wusste man, dass ich nie zu einer FDJ-Veranstaltung erschienen war und wollte den Grund wissen. Zeitmangel ließ man nicht gelten . Ich wurde aufgefordert, aktiv in der FDJ mitzuarbeiten. Ich hatte den Verdacht, dass man mich schon beobachtet hatte.

Auf dem Rückweg dachte ich: noch mal davon gekommen. Mir ging das Schicksal meines früheren Klassenkameraden durch den Kopf. Er war ein bescheidener junger Mann. Der hatte doch nichts verbrochen! Jetzt war er an der Hochschule rausgeschmissen worden, den Personalausweis hatte er bestimmt auch nicht mehr, also konnte er nicht einmal mehr nach Westberlin gelangen, um in die Bundesrepublik zu wechseln. Ich fürchtete mich auch vor der nächsten Relegationsveranstaltung und entschied mich, über mein Schicksal selber bestimmen zu wollen und nicht bestimmen zu lassen.

In meiner Studentenbude packte ich einen kleinen Koffer und eine Aktenmappe. Da ich noch meinen Personalausweis besaß, verließ ich die DDR per S-Bahn. Meinen Koffer ließ ich bei einer Freundin Ilse in Berlin - Charlottenburg (Westberlin). Als ich mich auf den Weg zur Notaufnahmestelle machte, drückte sie mir einen Klappsitz in die Hand, sie wusste, dass ich dort wohl lange werde anstehen müssen.

Täglich verließen nämlich Menschen aus allen Teilen der DDR ihre Heimat, um Bürger von Westberlin oder Westdeutschland zu werden. Der Flüchtlingsstrom versiegte bis zum Mauerbau im Jahre 1961 nicht. Alle kannten – woher auch immer – die Anschrift der Notaufnahmestelle in Westberlin. Und da standen sie dann vor dem niederen Gebäude mit den Außenschaltern geduldig wartend in langer Schlange – eine Menschenmasse, die sich langsam vorwärts schob, aber tagsüber dennoch nie abnahm, weil sich stetig Neuhinzukommende hinten anstellten, um dann ebenfalls in der Menschenkette langsam vorwärtsgeschoben zu werden. Menschen jeglicher Altersgruppe, Alleinstehende, aber auch Familien mit Kindern und Säuglingen, so standen sie dort mit Taschen, Mappen, Rucksäcken, Bündeln, Koffern, Kinderwagen, ob Winter oder Sommer, bei jedem Wetter, ob kalt, regennass oder sonnigwarm – mit dem Ziel, an einen der Schalter zu gelangen, um die Notaufnahme zu beantragen. Dort wurde ein Formular mit den Personaldaten der Antrag stellenden Person ausgefüllt, der DDR-Pass eingezogen, ein vorläufiges Ausweispapier für Flüchtlinge ausgestellt und anschließend ein Einweisungsschein mit der Anschrift eines der Westberliner Flüchtlingslager in die Hand gedrückt, der Bleibe für die nächsten Tage, Monate, Jahre? Je nachdem!

Durchgangslager

Alleinstehende junge Leute unter 25 Jahren kamen in gesonderte Quartiere, streng nach Männlein und Weiblein getrennt. Meine erste Bleibe war eine alte stuckverzierte Villa mit knarrendem Parkett, die einmal bessere Tage gesehen hatte und nun ein Durchgangslager für junge Frauen war. Die Heimleiterin nahm das Einweisungspapier entgegen und wies auf eine hohe, zweiflügelige Tür mit verzierter Messingklinke. Dort befand sich also der Raum, in dem gerade ein Bett geräumt worden war. Die »Kemenate« war saalartig. Auf dem wunderschönen Edelholzparkett standen nun zweier Stockbetten in Reih und Glied mit schmalen Laufgängen dazwischen. Bereitwillig zeigte eines der anwesenden Mädchen das gerade unbesetzte obere Bett neben der Tür und riet mir, Koffer und Aktenmappe, meine ganze Habe, mit nach »oben« zu nehmen. Gegen Abend füllte sich der Raum. Das Bett neben mir gehörte Irmentraud, der Abiturientin aus Ostberlin. Wir wurden unzertrennliche Kameradinnen, haben uns aber nach den 15 Tagen gemeinsamen Lagerlebens aus den Augen verloren.
In der Villa gab es ein ständiges Ankommen und Weggehen. Die meisten blieben nur kurz. Eine schnelle Überprüfung gelang aber nicht bei allen. Zum Beispiel lebte Anita bereits seit zehn Monaten in dem Saal. Sie hatte der Volkspolizei angehört und war Mitglied der SED gewesen. Nun liefen Nachforschungen über ihre Tätigkeiten im Dienste des DDR-Staates. Anita musste abwarten. Freddy, ein junger Westberliner Arbeiter, holte sie jeden Abend zum Ausgehen ab, er wollte sie auch ehelichen, denn Anita war im fünften Monat schwanger. Doch

sie wollte ihn nicht heiraten und so wusste sie nicht, wie es bei ihr weitergehen könnte.

Eine andere junge Frau war zur Arbeit in einem Bergwerk bei Aue verpflichtet worden, in dem uranhaltiges Erz abgebaut wurde. Alle Bergleute waren dort natürlich auch radioaktiver Strahlung ausgesetzt. Bei einem Arbeitsunfall stürzte die Frau ab und kam auf uranhaltigem Gestein zum Liegen. Wegen dem schlecht funktionierenden Grubenrettungswesen konnte sie nicht schnell genug geborgen werden. Sie befürchtete nun, beim direkten Kontakt mit dem Gestein eine noch höhere Dosis radioaktiver Strahlung abbekommen zu haben. Im Krankenhaus fasste sie den Entschluss, die DDR zu verlassen, um nicht bei einer Weiterarbeit in der Uranerzgrube in Aue erneut radioaktiver Strahlung ausgesetzt zu sein. Ihr Wunsch war, einmal eine Familie zu gründen, sie befürchtete behinderte Kinder zu bekommen und selbst einmal krebskrank zu werden. Sehr mager war sie, ich dachte, hoffentlich ist sie noch gesund.

Eines Tages kam eine »Neue« in unser Zimmer, die merkwürdig aussah. An ihren Arbeitsstiefeln klebte Erde, ihre schmuddeligen Klamotten waren an einigen Stellen ölverschmiert. Sie hatte nur ein kleines Täschchen in der Hand, aber weder Aktenmappe noch Koffer dabei und nahm auf einen Stuhl Platz. Kurz darauf kam die Heimleiterin herein, sie hatte Klamotten über dem Arm. Wir begriffen sofort, die Neue sollte wohl frisch eingekleidet werden. Einige Mädchen waren sofort zur Stelle und halfen bei der Klamottenauswahl. Die Neue bekam Unterwäsche, einen Schlafanzug, Schuhe, Strümpfe, Jeans und Pullis. Ein Kleid wollte sie nicht nehmen, obwohl es ihr passte, mehrere Mädchen redeten ihr zu, es doch mitzunehmen, das tat sie dann auch. Für die neue Habe fand sich auch ein passender Karton. Und anschließend erfuhren wir auch, was ihr widerfahren war. Sie war als Traktoristin zwangsverpflichtet worden, in der Umgebung von Aue ausgedehnte Landflächen zu pflügen. Als sie am vorhergehenden Tag bei der Arbeit war, begann der Uralttraktor plötzlich an zu brennen. Sie war verzweifelt, wusste nicht was sie machen sollte ohne Feuerlöscher oder Löschwasser. Ein Traktorist, der in einiger Entfernung pflügte, sah den Rauch und kam angerannt. Er konnte ihr aber auch nicht helfen. Der Arbeitskollege sagte sofort, dass ihr dieser Traktorbrand als Sabotageakt ausgelegt werden könnte, sie womöglich der Knast erwarte. Sie solle versuchen so schnell wie möglich nach Westberlin zu gelangen, um einer Anklage im Arbeiter- und Bauernparadies zu entkommen. Den Ausweis hatte sie, wie jeder DDR-Bürger, immer dabei, nur nicht genügend Geld für die Fahrkarte. Der Arbeitskollege gab ihr Fahrgeld, lief dann aber schnell zu seinem Traktor zurück, damit er möglichst von niemandem bei dem brennenden Traktor gesehen werden konnte und womöglich verdächtigt werden könnte, von der Flucht der Mitarbeiterin gewusst zu haben.

Zum Glück hatte sich der Traktorbrand vormittags ereignet, ihr Fehlen würde erst abends entdeckt werden und sie machte sich schnell auf den Weg und atmete erst auf als sie Westberlin erreicht hatte.

Amis auf Suche

In unserem Durchgangslager sprach sich herum, dass jeden Abend gegen acht Uhr ein großer Amischlitten hält, kurz hupt und willige Mädchen mitnimmt. Dort könnte man Geld verdienen. Ich war erstaunt, dass so etwas von der Heimleitung geduldet wurde und dachte, in der DDR wäre das unterbunden worden. Als es dann draußen hupte, ging ich auch mit anderen an eines der Fenster, um mal zu sehen, wie der Handel vor sich ging und welche Mädchen sich mit Amis einließen. Zu meinem Erstaunen boten sich mehr Madchen an als die beiden Amis mit ihrem Auto mitnehmen konnten. Ein Mädchen, das neben mir am Fenster stand, meinte: »Die wollen sich mit Amis abgeben, die sehen ja noch nicht einmal wie Nutten aus!« Wie Nutten aussehen, das wussten wir DDR-Mädchen meistens nicht, denn dort war Straßenstrich verboten.

Abfluglager Tempelhof

Eine Woche war seit meiner Ankunft im Durchgangslager vergangen, da kam die Verlegung ins Abfluglager Tempelhof. Irmentraud war im gleichen Transport. In Tempelhof wurden die Jugendlichen unter 25 Jahren aus Westberliner Durchgangslagern zusammengebracht, die demnächst nach Westdeutschland ausfliegen sollten.
Dieses Lager Tempelhof war ein trostloser Ort. Das Gebäude schien eine Fabrik gewesen zu sein, sie war nun zu einer Menschenherberge umfunktioniert worden. In die Hallen waren Wände aus dicker Pappe eingezogen worden. Auf diese Weise waren auf jedem Stockwerk – um einen langen Gang in der Mitte – viele Räume entstanden.

Nach der Ankunft in Tempelhof gab es wieder Papierkrieg. Irmentraud blieb bei dem Gepäck, mein Job war Papierkrieg an Schaltern für uns beide. Da lief plötzlich Ute S., bekannt als mehrfache DDR-Tennismeisterin auf mich zu, sie war gerade aus einem anderen Lager eingetroffen und suchte Anschluss. Natürlich war sie willkommen. Wir standen erst einmal gemeinsam vor den Schaltern Schlange. Ute war Abiturientin, sie stammte aus Altenberg.

Nun waren wir ein Trio und lebten drei Tage in einem großen tristen Raum ohne Außenfenster. Hier gab es zweifache Stockbetten, ehemalige Militärdecken, schmuddelige Matratzen, einige Stühle, alles grau in grau und viel Staub. Die Beleuchtung bestand aus einem von der Decke hängendem Kabel, an dem ein »Teller« mit Glühbirne angebracht war. Das war Dämmerbelichtung, aber man sah wenigstens, wo man hinging, und der viele Staub fiel auch nicht ganz so auf. Mittagbrot konnte man sich in altgedienten Kochgeschirren besorgen.

Zuerst waren wir allein im Zimmer und suchten uns eine Ecke aus. In der rechten Zimmerabtrenn-Pappwand war ein großes Viereck herausgeschnitten worden. Als dann im Nebenzimmer Männer einzogen, war das »Fenster« bald von Kontaktsuchenden besetzt, weil sie bemerkt hatten, dass sich im Nebenzimmer drei Frauen befanden. Da zogen wir uns in die entfernteste Ecke des Raumes zurück, hingen Decken an Betten hinunter und waren nun nicht mehr zu sehen. Da gab es dann Ruhe. Damit war es allerdings vorbei, als anderentags mehrere Frauen einzogen, denn einige unter ihnen waren nur zu gern bereit, auf das Werben der Männer einzugehen. Da sich Pärchen ab zehn Uhr abends nicht mehr auf dem Gang befinden durften, ging der Kontakt durch das »Fenster« weiter. Da gab es Spannungen im Zimmer und viel Verständnis unsererseits für das allstündliche Observieren von Zimmern, Waschräumen und Toiletten durch ältere männliche Ordner.

Abflug von Berlin

Endlich kam der Abflug nach West-Deutschland in einem kleinen Propellerflugzeug. Irmentraud und Ute waren auch dabei. Bei der Ankunft in Hannover bestieg ein Herr vom Sozialamt die Maschine. Er hieß uns willkommen, machte uns aber auch deutlich klar, dass die Bundesrepublik nicht in der Lage sei, die vielen Flüchtlinge großzügig mit finanziellen Mitteln zu versehen, dass in diesem Land aber Arbeitskräftemangel herrsche und jeder arbeiten könne der arbeiten wolle.

Westertimke

Vom Flughafen Hannover brachte uns ein Bus nach Westertimke im niedersächsischen Landkreis Rotenburg (Wümme). Während des zweiten Weltkriegs war es ein Internierungslager gewesen. Handelsschiffbesatzungen aus 42 Nationen waren hier untergebracht worden. Etliche der typischen braunen Baracken waren noch von dichtem Stacheldraht umgeben, am Eingang befand sich ein Schilderhäuschen, das immer von einem Wachmann besetzt war. Wie sich bald herausstellte, war das auch wichtig, denn täglich war der Eingang von Männern belagert, die auf der Suche nach Frauen waren.

Irmentraud, Ute und ich wurden in einem Raum mit noch anderen Mädchen untergebracht. Ute wollte in die USA. Dort lebte eine kinderlose Großtante, die Ute ihr ganzes Vermögen vererben wollte. Von der DDR aus konnte sie nicht in die USA reisen. Sie musste sich also erst einmal über die Notaufnahme einen Personalausweis der Bundesrepublik besorgen, um an ein Visum für die USA zu gelangen. Die Tante hatte sie auch schon mit 400 Dollar versorgt.

Um die Baracken gab es grüne Wiesen und auch Wäscheleinen. Hier konnten wir erstmals etwas auswaschen. Von Fürsorgerinnen erfuhren wir, dass von den Leinen immer Wäsche geklaut wurde. Deshalb blieb nun eine von uns Dreien bei aufgehängter Wäsche, eine beaufsichtigte im Zimmer unsere Taschen und Koffer und eine hatte »Ausgang«.

Alle im Barackenlager anfallenden Reinigungsarbeiten und Küchendienste mussten von Insassinnen geleistet werden. Am unangenehmsten waren Säuberungen von Toiletten. Mädchen, die schon einige Tage vor uns in Westertimke eingetroffen waren, teilten uns gleich mit, dass Fürsorgerinnen das Kloreinigen immer den Studentinnen aufhalsen. Ich war also vorgewarnt. Und so kam es dann auch. Toiletten waren leider oft so verschmiert, dass wir uns fragten, wer so etwas wohl tut. Manche Toiletten sahen aus, als ob sich die Verursacherin auf die Brille gestellt hatte und dann den Kot – schlecht gezielt – fallen gelassen hatte. Man hatte schon Schwierigkeiten, derartige Klos auch nur zu benutzen. Und nun sollte ich diese verdreckten Schüsseln auch noch ohne Gummihandschuhe reinigen.

Vor Schreck hielt ich die Hände vor das Gesicht. Da tippte Ute mir auf den Rücken und sagte: «So etwas machst Du nicht, warte mal einen Moment!» Ute war nämlich von Maria einem sehr ländlich wirkenden Mädchen schon mehrfach um Geld für Zigaretten angebettelt worden. Nun verhandelte Ute mit Maria und erreichte, dass sie zusagte, die Klos für eine Schachtel Zigaretten sauber zu putzen.

Alle jungen Frauen unter 25 Jahren wurden vom Lager in Westertimke aus nur in eine feste Bleibe und nicht auf die Straße entlassen. Dafür gab es zwei Möglichkeiten: Sie wurden als Haustöchter (Dienstmädchen) in Familien vermittelt oder kamen in Mädchenheime, von denen aus den Mädchen dann weitergeholfen werden musste.

Jeden Tag fuhren vor dem Schilderhäuschen meist dicke Limousinen vor. Oft stiegen (Ehe-) Paare aus, die freundlichst ihre zugewiesene Haustochter in Empfang nahmen. Jeden Tag trafen aber auch Busse ein, die Mädchen in Heime bringen mussten oder Neuankömmlinge vom Flughafen Hannover brachten für die gerade frei gewordenen Betten. Es war ein ständiges Kommen und Gehen.

Für mich hatten die Fürsorgerinnen einen anderen Weg vorgesehen. Am zweiten Tag nach meiner Ankunft in Westertimke wurde ich zu einer Fürsorgerin gerufen. Sie eröffnete mir, dass man sich für mich entschieden habe, eine Schwachsinnige nach Bethel zu bringen, dort gäbe es für sie eine Pflegestelle. Das arme Mädchen war vor der Notaufnahme in Berlin abgeliefert worden. Es konnte nicht sprechen oder schreiben, deshalb konnte auch nicht in Erfahrung gebracht werden, wie sie heißt und woher sie kommt. In Bethel könnte ich dann erst einmal bleiben, dort würde mir auch weitergeholfen.

Vierzehn Tage bevor ich in Westertimke eintraf, war das Mädchen schon einmal mit einer jungen Flüchtlingsfrau auf den Weg nach Bethel geschickt worden. Da die Beiden in Bethel aber nicht eintrafen, in Westertimke aber zusammen in den Bus gestiegen waren, der nonstop zum Bahnhof Hannover fuhr, vermutete man, dass das hilflose Mädchen auf dem Bahnhof in Hannover stehen gelassen worden war. Die Polizei fand sie dort auch schnell, weil sie an Stelle eines Koffers einen Persil-karton bei sich hatte.

Bethel

Nun startete sie mit mir ein zweites Mal. Der Weg war mir genau erklärt worden und die Fahrkarten von Hannover nach Bielefeld hatte ich auch schon in der Tasche. Das Mädchen lief brav an meiner Hand. Mit der anderen Hand trug sie den Persilkarton mit ihren Habseligkeiten. In Bielefeld ging es mit der Straßenbahn weiter.

Am Eingangsweg nach Bethel sah ich linker Hand gleich das große Gebäude. An einer Eingangstür fand ich sofort das mir beschriebene Schild. Im Erdgeschoss klopfte ich auch an der richtigen Tür an. Die Beschreibung der Fürsorgerin war per-fekt gewesen. Im Raum waren zwei Pfarrer unruhig auf und ab gelaufen. Womöglich befürchteten sie, dass das hilflose Mäd-chen wieder nicht gebracht werde. Es fiel ihnen sichtlich ein Stein von den Herzen, als wir eintrafen.

Das Mädchen war so artig an meiner Hand gelaufen. Ich strei-chelte ihr noch einmal über eine Wange, ein Lächeln huschte über ihr Gesicht. Sie bekam sicher nicht mit, was sich um sie abspielte, sie weinte auch nicht. Ich hoffte, dass es ihr in Bethel gut gehen werde.

Von den Pfarrern erhielt ich noch die Anweisung zum Haus Kapernaum zu gehen, dort würde ich schon erwartet. Im Haus Kapernaum wurden Flüchtlinge vorübergehend untergebracht. Ich wohnte mit einer jungen Kriegerwitwe in einem Zimmer. Ihr Sohn war in einem Kinderhaus untergebracht. Mutter und Sohn wollten nach England. Der Bruder der jungen Frau war in englische Kriegsgefangenschaft geraten und hatte nach dem Krieg eine englische Gastwirtstochter geehelicht. Er lud nun seine Schwester ein, nach England zu kommen und im Betrieb mitzuarbeiten. Die Anträge für ihre Einreise nach England waren gestellt. Sie mussten nur noch auf den Bescheid warten. Eine Pfarrersfamilie mit Kindern hielt sich dort ebenfalls im Haus Kapernaum auf, sie warteten auf eine Pfarre in Westdeutschland.

Besonders traurig war das Schicksal einer jungen Ostpreußin. Sie war 13-jährig nach Sibirien verschleppt worden. Dort musste sie jahrelang an einem Hochofen arbeiten. Durch die ständige harte Arbeit bei hohen Temperaturen blieb die Periode aus. Nach sieben Jahren durfte sie, damals fädchendünn, nach Deutschland zurückkehren. Sowie sie genügend zu essen bekam, wurde sie dick. Die Periode kam aber nicht wieder. Sie war ständig in ärztlicher Behandlung, es wurde alles versucht, um ihr zu helfen. Viel Kummer hatte sie auch, weil sie nicht wusste, wo sich ihre Eltern und Geschwister aufhielten und was ihnen geschehen war.

Eines Tages wurde ich gebeten, ein Mädchen zum Jugendamt zu begleiten, das sich ständig geweigert hatte dort zu erscheinen. Man informierte mich noch, dass sie ständig redet, aber weder schreiben noch lesen lernen konnte. Ich holte sie ab, begrüßte sie mit großem Hallo und zeigte mich erfreut, dass ich nun nicht allein zum Jugendamt gehen müsse, weil sie mich doch begleiten würde. Sie war sofort einverstanden und so machten wir uns fröhlich auf den Weg. Sie redete ununterbrochen und war froh, dass ich ihr zuhörte. Zum vereinbarten Zeitpunkt trafen wir beim Jugendamt ein.

Anderentags bestellte mich ein Pfarrer in sein Büro und machte mir einen Vorschlag: Sein Pfarrhaus habe zwei kleine Zimmer im Schrägen. In einem wohne seine Tochter, die im gleichen Alter sei wie ich und am Pädagogischen Institut studiere. Falls ich mich entscheiden könnte, auch am PI zu studieren, könnte ich bei ihnen wohnen. Er würde versuchen, für mich ein Stipendium zu ergattern. Er meinte, es werde für mich nicht leicht werden, allein an einer Universität neu anzufangen. Mein Ziel war aber nach Stuttgart zu gehen. Dort konnte ich bei Bekannten erst einmal unterkommen, wollte mir dann sofort eine Arbeit suchen und zusehen, wie ich ein Weiterstudium organisieren könnte. Das freundliche Angebot des Pfarrers lehnte ich ab.

Eben Ezer in Lemgo

Einen Tag später wurde mir von der Leiterin des Hauses Kapernaum mitgeteilt, dass es in Bethel für mich keinen Arbeitsplatz gäbe, ich müsse mich am Wittekindshof oder bei Eben-Ezer in der Kleinstadt Lemgo um eine Arbeit bei behinderten Kindern bewerben. Ich stellte mich zunächst bei dem Direktor von Eben-Ezer vor und bekam einen Arbeitsplatz für monatlich 80 DM bei freier Station.

Ich wurde »Tante« bei 6- bis 10-jährigen Kindern, die noch bildungsfähig waren und zur Sonderschule gingen. Einige Kinder mussten sogar lernen, welcher Gegenstand groß und welcher klein ist. Es gab etliche Kinder mit Down-Syndrom, sie waren pflegeleicht, denn sie hatten zumeist ein fröhliches Gemüt. Wir »Tanten« mussten morgens aufpassen, dass alle aufstanden, sich richtig anzogen und dann ordentlich aßen. Während der Schulzeit der Kinder wurden die Betten in den Schlafsälen hergerichtet. Wir »Tanten« begleiteten den weiteren Tagesablauf der Kinder, wenn sie aus der Schule kamen.

Außer mir, der Stationsschwester und einer Kindergärtnerin, arbeiteten noch zwei Jugendliche auf der Station, sie hatten die Sonderschule in Eben-Ezer absolviert und waren berufsfähig, und auch noch Wilhelmine, eine ungefähr 45-jährige Frau, sie war teilbehindert, aber nicht in Eben Ezer aufgewachsen. Ihre Familie brachte sie nur nach Eben Ezer, weil sie eine Tochter zur Welt gebracht hatte. Wilhelmine redete ständig über ihre Probleme. Der Vater der Tochter war ein gesunder Mann und die Tochter war auch nicht schwachsinnig, sie wurde daher von Wilhelmines Mutter großgezogen. Wilhelmines Tochter glaubte, dass die Großmutter ihre Mutter sei und Wilhelmine ihre ältere Schwester. Diese Tochter war sogar Sekretärin geworden und nun verlobt mit einem netten, jungen Mann. Die Hochzeit stand vor der Tür. Nun würde die wahre Familiengeschichte herauskommen. Wilhelmine litt sehr, weil sie befürchtete, dass sich der Verlobte zurückziehen würde und ihre Tochter einen Schock bekommen könnte. Ich musste Wilhelmine immer wieder trösten. Da ich nur drei Monate in Eben-Ezer blieb, habe ich nicht mitbekommen, wie diese Geschichte ausgegangen ist.

Eben-Ezer hatte auch Landbesitz, es gab Felder und Grasflächen, auf denen Kühe weideten. Die Anstalt versorgte sich teilweise selber mit Lebensmitteln, etliche Zöglinge arbeiteten auch auf den Feldern und in Ställen. Kurz bevor ich Lemgo verließ, sah ich mir noch Pflegestationen an, um den ganzen Umfang der Aufgaben solcher Einrichtungen kennenzulernen. Zuerst ging ich in die Kleinkinderstation. Mir schlug ein penetranter Uringeruch entgegen. Die Pflegerinnen versuchten die Kleinen an »Pisstöpfe« zu gewöhnen. Die Kinder wurden regelmäßig abgesetzt, manche gewöhnten sich aber kaum daran. So landete manch ein »Bach« auf dem Linoleum. Entsprechend war der Geruch. Viele Kinder wussten nichts von sich selber und lallten nur. Zwei niedliche Kinder waren noch nicht lange als Pflegefälle in Eben-Ezer. Beide hatten Meningitis gehabt. Die Krankheit hatte bei ihnen zu schweren Behinderungen geführt. Mehrfach kam eine der Mütter nach Lemgo, sie setzte ihren Jungen in einen Rollstuhl und ging mit ihm spazieren. Die Mutter des anderen Kindes war Kriegerwitwe, sie musste arbeiten gehen und konnte deshalb ihr Kind nicht mehr angemessen zu Hause versorgen.

Besonders erschreckend war die Pflegestation für Männer. In der Öffentlichkeit sind Menschen mit diesem Grad geistiger und teilweise auch noch körperlicher Behinderung normalerweise nicht anzutreffen, denn sie müssen in besonderen Pflegestationen gehalten werden. Einige waren steif, fast regungslos oder konnten nur wenige Schritte laufen, ohne ein Ziel zu haben und wussten auch nicht, was sie tun sollten. Ein Pfleger führte mich zu dem wohl auffälligsten Fall: Er entfernte die Bettdecke von einem körperlich und geistig schwerstbehinderten jungen Mann, der halb auf der Seite lag. Dieser arme Mensch reagierte nicht einmal darauf, dass ihm der Pfleger die Decke wegzog. Arme und Beine waren verkrüppelt, nur die äußeren Geschlechtsteile sahen normal gestaltet aus. Dieser arme Mensch stammte aus dem Kölner Karneval.

Auf meine Frage, wie Pfleger dieses Elend verkraften, meinte mein Begleiter nur, ihm helfe der Glaube an Gott. Bedrückt verließ ich die Station. Meine Zeit reichte nicht, um auch noch die Frauenstation kennenzulernen.

In meinem späteren Leben gab es immer mal wieder Gründe, aus der evangelischen Kirche, der ich angehöre, auszutreten, vor allem wegen der Selbstversorgung und Bevorzugung pfarrherrlicher Familien. Ich blieb aber dennoch Steuer zahlendes

Mitglied der Kirche. Hatte ich doch in Bethel und Lemgo gesehen, welche wichtige Hilfe von der Kirche in sozialen Einrichtungen für benachteiligte Menschen geleistet wird.

Fahrt nach Stuttgart

Drei Monate blieb ich in Lemgo, dann fasste ich den Entschluss, nach Stuttgart zu reisen, erst einmal zu Bekannten, die mir eine Schlafmatratze angeboten hatten. Alles Geld, das ich in Lemgo verdient hatte, sollte gespart werden und so entschied ich mich für eine Reise per Anhalter, um kein Fahrgeld ausgeben zu müssen.

An einem Morgen im August 1953 begleitete mich eine Bibelhausschülerin zu einer Landstraße, von der aus ein Zubringer zur Autobahn erreicht werden konnte. Am Ortsende von Lemgo zeigte sie mir, wie man trampt. Da setzte plötzlich heftiger Regen ein. Ein roter VW Käfer kam daher, er hielt sofort vor uns an. Ein mittelalterliches Paar war darin, sie fragten natürlich, wo ich hinfahren wolle. Ich antwortete nur: »Richtung Autobahn« und durfte einsteigen.
Meiner Begleiterin winkte ich noch kurz zu, da fuhr der VW auch schon ab. Nach einer Weile wurde ich gefragt, wo genau ich denn aussteigen wolle, die Autobahn käme schon bald. Ich teilte mit, dass ich zur Autobahn Richtung Frankfurt wolle, und dann weiter nach Stuttgart. Beide lachten und erzählten, dass sie ebenfalls nach Frankfurt wollten und setzten hinzu, dass ich weiter mitfahren dürfe. Auf einer Autobahnbrücke bei Frankfurt ließen sie mich aussteigen. Fünf junge Männer standen auf der Brücke, jeder versuchte ein Auto zum Anhalten zu bringen. Ich lief an ihnen vorbei zum Brückenende, dort stellte ich meinen Koffer ab. Kaum hatte ich einen Arm

gehoben, da hielt ein großer Schlitten. Ein Ami schaute aus dem Fenster und winkte mir zu. Er sah aber sehr verwegen aus und mir graute, wusste ich doch von Westberlin, wie Amis vor dem Durchgangslager Mädchen eingesammelt und in Autos mitgenommen hatten. Wenn man einstieg, war man auch zu mehr bereit. Ich schüttelte den Kopf und lief ein Stück weg, der Ami fuhr weiter.

Nach einer Weile streckte ich erneut den Arm aus. Da hielt ein deutscher Firmenlieferwagen. Ich fuhr mit. Die trampenden Männer standen noch alle an der Brücke und warteten auf eine Mitfahrgelegenheit. Der Fahrer des Wagens war ein Mittvierziger, er hatte eine Maschine geladen, die er im Schwarzwald abliefern musste. Er schlug mir gleich vor, mit ihm in den Schwarzwald zu fahren. Morgen würde er wieder zurückfahren, dann würde er mich an der Autobahnbrücke bei Stuttgart aus dem Auto lassen. Ich war empört und schlug ihm vor anzuhalten und mich aus seinem Wagen herauszulassen, in den Schwarzwald würde ich auf keinen Fall mitkommen. Er meinte, dass es hier zu gefährlich für mich sei. Er werde mich aber bald an der Stuttgarter Ausfahrtstraße herauslassen. Das tat er dann auch.

Durch dichtes Gestrüpp zwängte ich mich bergab und stand dann plötzlich an einer Landstraße. Ein Wegweiser zeigte die Richtung nach Stuttgart an. Jetzt konnte die Stadt nicht mehr weit weg sein, aber zu weit für einen Fußmarsch. Also musste ich wieder trampen. Ein Auto hielt gleich an, ein älterer Mann saß am Steuer. Er nahm mich mit und schlug mir vor, mit ihm in eine Wirtschaft zu gehen. Das lehnte ich ab und bat, mich aus dem Auto zu lassen. Daraufhin fuhr er mich zur nächsten Bushaltestelle. Bald kam der Bus. Ich wollte zum Mühlrain, der Schaffner gab mir eine Fahrkarte. Als ich ihn dann noch nach dem Fußweg fragte, konnte ich ihn leider kaum verstehen, weil er so urschwäbisch sprach. Bei Fußgängern fragte ich mich durch und traf schon am frühen Nachmittag bei den Bekannten ein.

Arbeit und Studienbeginn in Stuttgart

Am Tag nach meiner Ankunft ging ich auf das Arbeitsamt. Ich bekam einen Arbeitsplatz im Kino Universum in der Nähe des Hauptbahnhofs. In der Stunde verdiente ich 0,80 DM, am Tag also 6,40 DM. Im Moment musste ich keine Miete zahlen, da langte das Geld.

Ich schrieb mich an der Technischen Hochschule in Stuttgart ein. Die Semestergebühren betrugen mehr als 200.- DM. Ich musste tief schlucken. In der DDR waren nie Studiengebühren erhoben worden. Außerdem erfuhr ich, dass mein DDR Abitur nicht anerkannt wurde, weil Schüler in der DDR bereits nach 12 Schuljahren das Abitur machten, in der Bundesrepublik aber erst nach 13 Jahren. Ich wurde nur für ein Semester zugelassen, würde aber noch einen Termin für eine Überprüfung meiner Abitur-Kenntnisse vor Beginn des zweiten Semesters in der Bundesrepublik erhalten.

Als mein Antrag für ein Stipendium (Honnef genannt) bewilligt wurde, war mir klar, dass ich im Kino nur bis Anfang des Semesters bleiben würde. Große Probleme hatte ich mit den Semestergebühren, die man damals zahlen musste. Das Stipendium war gering. In den Semesterferien wurde es nur für einen Monat gezahlt. Dieses Geld langte nicht einmal zum Bezahlen der Studiengebühren für das nächste Semester. Deshalb ging ich in den Semesterferien immer arbeiten, hatte also auch kaum Zeit mal eine Vorlesung nachzuarbeiten. Am Essen wurde gespart, ich trug auch tapfer meine DDR-Klamotten weiter. In der DDR gab es viel Knappheit. Ich war gewöhnt, nicht viel zu haben.

Überprüfung des DDR-Abiturs

Zwei Termine für die Überprüfung meiner Abiturkenntnisse kamen prompt per Post. Ich entschied mich für den Termin in den Semesterferien, weil ich während des Semesters ein Praktikum in anorganischer Chemie absolvierte und von morgens bis abends im Labor beschäftigt war. In den Ferien jobte ich zwar in einer Fabrik, aber ich hatte doch mehr Zeit, nebenher ein paar Bücher anzusehen. In jeder Pause arbeitete ich etwas durch. Prüfungsfächer waren: Deutsch, Geschichte, Englisch, Mathematik. In Deutsch hatten wir in der DDR kurz vor dem Abitur ein Buch von Johannes R. Becher gelesen und »Beaumarchais« von Friedrich Wolf und »Mutter Courage und ihre Kinder« von Bert Brecht durchgearbeitet. Darüber würde ich natürlich nicht abgefragt werden. Ich besaß deshalb einen Führer durch die Dramen der Weltliteratur und las Kurzfassungen der Dramen von Schiller, Goethe, Lessing und Kleist.

In der Oberstufe der Ostberliner Schule wurden historische Ereignisse nur so vermittelt, wie es die Sowjetunion vorgab. die Theorien des Marxismus Leninismus wurden natürlich auch erörtert. Darüber würde ich in einem westdeutschen Gymnasium sicher nicht abgefragt werden. Also besorgte ich mir in einem Antiquariat ein paar Geschichtsbücher und machte mich an die Arbeit. Ungünstig war natürlich auch, dass ich schon vor drei Jahren das DDR-Abitur abgelegt hatte.

Die Überprüfung fand im Karls-Gymnasium in Stuttgart statt. Als ich dort eintraf, stand eine Gruppe Jugendlicher vor der Eingangstür. Ein Blick genügte, das waren Ex-DDRler, ihre Klamotten verrieten es. Die Prüflinge waren vor allem Studenten und Bewerber für die Offizierslaufbahn in der Bundeswehr. Pünktlich gingen wir zusammen in das Schulgebäude und kurz darauf begann die Überprüfung. In Deutsch wurde ich über »Nathan der Weise« befragt. Ich wusste wenigstens worum es da geht dank meines Buches mit Kurzfassungen.

Jeder Prüfling versuchte, dem 13. Schuljahr zu entgehen. Einigen gelang das auch und ich gehörte dazu. Den Anderen wurde mitgeteilt, dass sie in einem Internat mit Schule nach einjähriger Schulzeit nochmals eine Prüfung ableisten könnten, um die Anerkennung ihres DDR-Abiturs zu erreichen.

Studentenbude

Inzwischen war ich bei den Bekannten ausgezogen. Eine kleine Dachkammer für 20 DM hatte ich gefunden. Die Wand auf der Straßenseite war schräg und besaß eine Dachluke, die geöffnet werden konnte. Das Bett war uralt, außerdem gab es da einen Tisch mit zwei Stühlen, ein rostiges Eiseröfchen, das auf einer großen Blechplatte stand, damit der Holzbohlenboden nicht Feuer fangen konnte, einen wackeligen »Nagelschrank«, dessen geöffnete Schranktür durch einen langen, gebogenen drehbaren Nagel geschlossen gehalten werden konnte. Die Tür der Dachkammer führte auf einen Flur. Auf der anderen Seite des Flures befand sich eine Gemeinschaftstoilette mit Wasserhahn.

Im Sommer konnte es in der Dachkammer sehr heiß werden und im Winter, entsprechend der Außentemperatur, sehr kalt.

Dann war während einer Kälteperiode das Wasser in meiner Emaillewaschschüssel, die immer auf einem der Stühle stand, gefroren. Ich hatte eine Heizplatte gekauft, die außer der Ummantelung aus Schamott bestand. Im Schamott verliefen unverzweigte Rillen, die von Drahtspiralen durchzogen wurden, nach dem Anschalten der Platte schnell glühten und Wärme verströmten. Im Winter wurde die Zimmerluft dadurch schnell etwas angewärmt. Wenn nun der Metalldraht an einer Stelle durchbrannte, wie das auch bei Glühbirnen geschehen kann, knotete ich die beiden Enden des Drahtes zusammen und schon glühte die Drahtspirale wieder.

Zoologisches Großpraktikum

Im Wintersemester 1954/55 absolvierte ich ein Großpraktikum in Zoologie an der Landwirtschaftlichen Hochschule in Hohenheim. Die Teilnehmer waren Studierende der Landwirtschaft und Biologiestudenten der Technischen Hochschule in Stuttgart. In einem alten Gebäude befand sich im ersten Stock ein saalartiger Raum mit langen Tischen. Am ersten Praktikumstag war ich etwas zu spät eingetroffen, weil die Fahrzeit von Stuttgart nach Hohenheim doch länger dauerte, als ich gedacht hatte. Am hintersten Tisch waren aber noch Plätze frei. Außer mir gab es nur Studenten. Der Assistent erzählte mir bald, dass es einigen der Studierenden nicht gefiel, dass in ihre Männergesellschaft eine Studentin platzte. Einer meinte sogar, dass Studentinnen ja nur einen Mann suchen würden und dann, wenn das klappt, ihr Studium aufgeben würden. Solche Ansichten waren damals durchaus noch verbreitet. Mich scherte das nicht, ich saß sowieso hinten und fand diese Männergruppe sehr ulkig. Etliche hatten Knickerbocker an, waren oft mehrtägig unrasiert und manche stritten sich, ob eine bestimmte Pflanze eine Spezies oder Subspezies sei.

Jeden Morgen um 8 Uhr erschien Professor Pflugfelder, der Lehrstuhlinhaber am Zoologischen Institut, und besprach mit uns das zu schaffende Tagespensum. Er hatte ein großes Wissen und konnte hervorragend erklären, er verwies auch immer auf Bücher zum Nachschlagen, die er uns mitbrachte. Jeder Arbeitstag in Hohenheim war ein erfolgreicher Tag, weil wir bei diesem hervorragenden Lehrer fast alles mitbekamen und uns auch nicht scheuten Fragen zu stellen, weil er bereitwillig auf jede Frage einging. Studierende, die im Großpraktikum engagiert mitarbeiteten, hatten nach dem einen Semester ein großes Wissen erworben. Auf Exkursionen schonte sich Professor Pflugfelder nicht, er war immer bemüht, seinen Studenten möglichst viele Kenntnisse zu vermitteln. Trotz einer Beinamputation lief er mit Prothese weite Strecken mit uns.
Wie sein Assistent vertraulich mitteilte, verband er jeden Abend den vom Laufen blutigen Beinstumpf.

Studentenstreiche

Unter den Studenten gab es einen Komiker Eberhard M., einen kleinwüchsigen, witzigen, hochintelligenten Schwaben, der ständig Rabatz im Kopf hatte, ihm wurde wohl auch manchmal langweilig, dann schlüpfte er in Rollen. Zum Beispiel: Die Tür ging mit einem Knall auf und er kam als katholischer Pfarrer verkleidet herein. Dann klopfte er pastorale Sprüche, mit denen er uns zum Lachen bringen konnte. Ein anderes Mal trat er als Hitler mit Schnurrbärtchen, Hitlerfrisur und Hitlergruß ein. Dann drosch er Phrasen, mit denen er sich in dessen Stimme über ihn lustig machte. Bei Unterhaltungen mit schwäbischen Kommilitonen äffte er Reinhold Maier nach, den damaligen Ministerpräsidenten von Baden-Württemberg, der eine Quäkstimme hatte und im schwäbischen Dialekt sprach.

Die Hauptnummer leistete er sich aber zu Beginn des Praktikums. Mit dreitägiger Verspätung war noch ein Nachzügler aufgetaucht. Eberhard M. begrüßte ihn freundlichst und beglückwünschte ihn, dass er es sogar von Stuttgart aus nach Hohenheim geschafft habe, wenn auch verspätet – natürlich mit Reinhold Maierscher Quäkstimme. Beide kannten sich bereits. Der Nachzügler war über die wortreiche Begrüßung nicht gerade erfreut, er blieb einsilbig. Er wusste auch nicht genau, was er erarbeiten sollte, weil er um 8 Uhr noch nicht anwesend war. Nach der Mittagspause war er auch schon wieder verschwunden. Da verkündete uns dann Eberhard M., um welchen hochkarätigen Skatspieler es sich bei E. R. handelte, dass er ein Mensahocker sei, der sich bereits vormittags mit seinen Skatfreunden in der Mensa träfe. Sie besetzten dort immer einen bestimmten Tisch in einer Ecke. Bei den Skatspielern handele es sich um verbummelte Söhnchen aus betuchten Familien. Er kenne ihn zwar schon lange, habe ihn aber, als er zur Tür hereinkam, kaum wiedererkannt, weil er nämlich früher große Segelfliegerohren besessen habe und jetzt lägen seine Ohren dem Kopf dicht an. Er sei deshalb heute mehrmals hinter ihm vorbei spaziert, um die Ohren von hinten genau zu betrachten. Dabei habe er dann Folgendes feststellen müssen: Zwischen Kopf und Ohren befindet sich eine weiße Masse, die dort die dem Schädelknochen anliegende Haut etwas hervor gezogen habe. Der junge Mann hat also mit weißem Bepp (Kleber) seine Ohren am Kopf festgeklebt. Wir müssten uns mal ansehen, wie das aussieht.

Am nächsten Tag war E. R. sogar pünktlich eingetroffen. Alle Großpraktikanten liefen im Verlaufe des Tages unauffällig hinter ihm entlang, um schnell einen Blick hinter seine Ohren zu werfen. Es war eindeutig, die Ohren waren am Kopf angeklebt, deshalb saßen auch die Brillenbügel zu hoch, sie hatten direkt hinter den Ohren keinen Platz mehr, er hätte die Brillenbügel verlängern lassen müssen. Morgens kam er meist zu spät. Er ließ sich dann von Eberhard M. helfen, der ihn mit Untersuchungsmaterial, das morgens verteilt wurde, versorgte. Eberhard M. hatte nun folgenden Plan: Er wollte dem Neuen mit einer Wasserstrahlpistole Aceton hinter die Ohren schießen, damit sich der Bepp ablöst und die Segelfliegerohren, zum Gaudi aller, sich wieder aufstellen könnten

Als dann E. R., wie gewohnt, vorzeitig den Praktikumssaal verließ, verabredeten wir den Ohrschuss für den nächsten Tag. Wir versprachen fleißig am Mikroskop, wie sonst auch, weiterzuarbeiten und ihn möglichst wenig zu beachten. E.R. erschien wie üblich zu spät und Eberhard M. half ihm beim Mikroskopieren und schoss dann plötzlich eine Ladung Aceton hinter ein Ohr, mehr gelang ihm nicht, denn E. R. sprang auf, der Stuhl fiel um und er raste zur Tür hinaus. Weg war er. Nach einer halben Stunde ging ein Späher vor die Tür, er fand ihn aber nirgends. Nach der Mittagspause fand er sich auch nicht wieder ein. Als wir abends gingen, wurde sein Platz ordentlich aufgeräumt, Zeichenblock und Mäppchen ordentlich neben das Mikroskop gelegt. Als wir am nächsten Morgen kamen, stellten wir fest, dass er dagewesen sein musste, seine persönlichen Sachen waren verschwunden. Er war wohl zurück gekommen, als der Raum für die Putzfrau noch offen stand. Ins Praktikum ist er aber nie mehr zurückgekehrt, verbummelte mal wieder ein Semester. Wahrscheinlich spielte er wieder mit seinen Freunden Skat in der Mensa.

Das Material der geliehenen Wasserstrahlpistole wurde vom Aceton angegriffen, die Pistole funktionierte nicht mehr. Wir legten Geld zusammen und kauften eine neue Pistole.

Ein anderer Studierender brachte uns auch zum Lachen. Er blähte immer mal wieder seine Backen auf und erklärte, als man ihn fragte, warum er das tue, dass er die Luft langsam durch die Eustachische Röhre treibe und dadurch Beethovens Neunte höre. Das war für mich eine ungewohnte sorglos-lockere Art des Studiums.

Die Universität Hohenheim hieß damals Landwirtschaftliche Hochschule. In einem Hof befand sich damals ein riesiger Strohhaufen, in den ringsherum und von oben bis unten einzelne Liegeplätze »eingearbeitet« worden waren. Diese Liegeplätze waren im Herbst und Winter sehr begehrt, wenn die Sonne schien.
Man hatte dort seine Ruhe, bekam nicht einmal mit, wer sich darüber, daneben oder darunter auf einen der Liegeplatz niedergelassen hatte.

Wenige Tage vor Semesterschluss erfuhren zwei Praktikanten, dass im Veterinärmedizinischen Institut zwei Hunde verendet und bereits begraben waren. Die Studenten waren scharf auf deren Skelette. Sie gruben die bereits stinkenden Hunde aus und kochten sie in einer Chemiebrühe auf einem Ofen im Praktikumsraum. Der Gestank war abscheulich. Wir verhandelten mit den Hundeausgräbern, ob es nicht möglich wäre, das Hundefleisch erst in den Semesterferien von den Knochen abzukochen. Darauf ließen sie sich nicht ein. Obgleich es draußen kalt war, mussten wir alle Fenster geöffnet lassen. Nach wenigen Tagen war das Semester beendet und ich konnte dem Gestank entkommen.

Im zoologischen Großpraktikum hatte ich sehr viel gelernt. Otto Pflugfelder war unter den Universitätslehrern, die ich erlebt hatte, der überzeugendste. Auch als ich später bei ihm zur Prüfung ging, hat er stets klar und präzise seine Fragen gestellt, ich wusste immer, was er meinte.

Botanisches Institut

Nun wechselte ich zum Botanischen Institut der Technischen Hochschule Stuttgart. An der Pädagogischen Hochschule in Potsdam war ich im Ausbildungsgang für Diplombiologen gewesen. Zwei Großpraktika hatte ich am Botanischen Institut bereits absolviert, weil ich meine Diplomarbeit im Fach Botanik schreiben wollte. In der DDR mussten wir alle Vorlesungen und Praktika nach feststehenden Plänen ableisten und nach acht Semestern kam für alle die Abschlussprüfung, Bummelei gab es nicht. Beide Großpraktika waren im Studienbuch für das dritte und vierte Semester eingetragen und auch abgestempelt worden.

Das Botanische Institut der Technischen Hochschule Stuttgart befand sich damals in der Materialprüfungsanstalt in Bad Cannstatt. Dort gab es nur wenige Studenten, die meisten von ihnen waren Lehramtskandidaten. Ein Diplom in Biologie war noch nicht anerkannt, es gab nur eine Fachbereichsprüfung. Der Institutsleiter, ein älterer apl. Professor, genoss wenig Ansehen bei Studierenden, er konnte auch sehr unangenehm werden. Am lästigsten war sein Vorzimmer. Assistent und Sekretärin waren vom Professor abhängig und ihm deshalb ergeben. Wir mussten uns immer vor ihnen in Acht nehmen, weil sie ihm zutrugen, was auch immer über uns zu berichten war, um ihm zu gefallen. Schon am ersten Tag meines Dortseins bekam ich bei Unterhaltungen zwischen Studenten mit, wie unerfreulich das Klima im Institut war. Auf meine Nachfragen erfuhr ich Genaueres. Wer betuchte Eltern hatte, wechselte an eine andere Universität. Da ich zugewanderte Ostdeutsche mit kleinem Stipendium war, musste ich in Stuttgart bleiben. Während einer Unterhaltung zeigte ein Student auf seinen Verlobungsring, er äußerte dazu, seiner Verlobten versprochen zu haben den Abschluss zu machen. Dieses Versprechen binde ihn hier noch, sonst wäre er schon auf und davon.

Der Stuttgarter apl. Professor für Botanik erkannte meine Großpraktika von der Pädagogischen Hochschule Potsdam natürlich nicht an, dabei war ich dort in der Diplombiologenlaufbahn gewesen. Diese moderne Ausbildung gab es erst viel später an der Technischen Hochschule in Stuttgart. Pädagogische Hochschulen der DDR hatten das Promotionsrecht, sie waren mit Pädagogischen Instituten der Bundesrepublik überhaupt nicht vergleichbar, weil dort in zwei Jahren nur »Volksschullehrer« ausgebildet wurden. Das Botanische Institut in Potsdam und der leitende Professor hatten dabei ein wesentlich besseres Ansehen als das Gegeninstitut in Stuttgart mit Chef. Die Praktika hatte ich in der DDR absolviert und das konnte dort ja nur schlecht gewesen sein. Also hatte ich zwei Semester verloren!

Mein Arbeitsplatz befand sich in einem kleinen Raum unter einem schrägen Dach. Im Sommer war es dort oft sehr heiß. Im Winter durfte auf Anweisung des Professors die Heizung nicht angestellt werden, er hatte nur noch zwei Studenten, die im Institut arbeiteten, für zwei Studenten gab er kein Geld für Heizung aus. Er selber und seine beiden Vorzimmerleute hatten ihre Räume unterhalb des Dachgeschosses und bei ihnen war es immer mollig warm. Ich zog mich zwar immer warm an, fror aber dennoch und hatte vor allem, wenn es draußen Minusgrade gab, kalte, blaue Hände, denn mit Handschuhen kann man ja nicht mikroskopieren. So eine Verachtung von Studenten durch einen Fachprofessor hätte es in der DDR nicht gegeben.

Ursprünglich hatte ich die Abschlussarbeit in Hohenheim anfertigen wollen, wohnte aber inzwischen in Karlsruhe, weil ich mich dorthin verheiratet hatte. Jeden Tag fuhr ich von Karlsruhe nach Stuttgart und wieder zurück. Vom Hauptbahnhof Stuttgart aus war Bad Cannstatt schnell zu erreichen. Nach Hohenheim hätte ich noch einen weiten Weg mit der damals langsamen Straßenbahn zurücklegen müssen. Also biss ich in den sauren Apfel und fertigte eine Abschlussarbeit im Botanischen Institut in Stuttgart an. Ich fand mich damit ab, dass das Abschlussexamen nur »Fachbereichsprüfung« hieß und dafür noch nicht einmal ein Titel verliehen wurde. Für die minderwertige Beurteilung dieser Abschlussprüfung gab es eben nur entsprechende apl. Professoren, damit tröstete ich mich.

Das Thema für die Zulassungsarbeit fand ich anspruchslos, was in diesem Institut auch gar nicht anders zu erwarten war. In Hohenheim arbeiteten Studierende an interessanten Themen, das hätte mir auch mehr zugesagt. Der Zeitaufwand wäre aber zu groß, um nach Hohenheim zu gelangen. Für mich war nur noch wichtig, das Studium abzuschließen, um nicht das Gefühl zu bekommen verkracht zu sein.

Da saß ich nun in einem Wintersemester allein in der kleinen kalten Mansarde, die Heizung war wie gesagt, abgedreht, weil der Professor Geld sparen wollte. Ich gab mir Mühe, fertigte auch viele mikroskopische Bilder an. Der apl. Professor ist niemals die Treppe hoch gekommen. In der Mansarde war es ja auch kalt und er saß unten schön im Warmen. In Hohenheim war Professor Pflugfelder jeden Tag zu seinen Praktikanten, Diplomanden und Doktoranden gekommen. Manchmal auch zweimal am Tag. Das war schon ein großer Unterschied. Vor ihm sind Studenten auch nicht weggelaufen.

Der Gipfel war das Fach Mikrobiologie, das als drittes Fach gewählt werden musste. Dort gab es auch nur eine apl. Professorin, sie sah steineselsalt aus und war sehr konfus, was womöglich altersbedingt sein konnte. Sie war wohl eine Notlösung wegen Nachwuchsmangel.

Während des gesamten Studiums sah ich nie einen jüngeren Professor, alle waren älter als fünfzig Jahre. Fast eine ganze Generation jüngerer Männer war durch den Krieg ausgelöscht worden, Überlebende hatten Jahre verloren durch Kriegsdienst und oft noch anschließende Kriegsgefangenschaft. Wer studieren wollte, konnte zumeist erst verspätet beginnen. Jahre vergingen bis es nachkommende Wissenschaftler und Universitätslehrer gab. Bei Frauen war das Studium der Naturwissenschaften nicht sehr populär. Frauen hatten auch kaum Chancen Lehrstuhlinhaberinnen zu werden.

Die Vorlesungen in Mikrobiologie bei der apl. Professorin waren enttäuschend: Ein strukturloses Aneinanderreihen von Einfällen und Gedanken. Eine Kommilitonin fertigte in Mikrobiologie ihre Zulassungsarbeit an, sie lieh mir ihre Mitschriebe der Vorlesungen aus, aber das war auch nur ein unstrukturiertes Durcheinander. Als ich nach einem Buch fragte, hatte ich keinen Erfolg. Also war ich auf ihre Vorlesungen angewiesen. Die Fragen in der Prüfung waren entsprechend konfus.
Später wurde ich einmal während einer Tagung von einem Wissenschaftler gefragt, ob an der TH in Stuttgart Mikrobio-

logie gelehrt werde. Ich nannte den Namen der apl. Professorin. Da bekam ich zu hören, dass sie in Mikrobiologie überhaupt keine Rolle spielte, völlig unbedeutend, ja nicht einmal dritt-klassig sei. Das hatte ich selbst schon bemerkt, und damit also richtig gelegen. Es konnte noch nicht einmal erwähnt werden, dass man bei ihr »studiert« habe, ohne von Fachleuten belächelt zu werden. Ihren Namen nannte ich auch nie mehr.

Ich musste erneut daran denken, dass durch die kriegsbedingten Lücken, Positionen mit Leuten besetzt worden waren, die dort nicht hingehörten. Studenten mussten selber zusehen, wie sie durchkamen. Das hatten wir ja schon teilweise auch in der Schulzeit in der DDR erlebt. In der zwölften Klasse war unser Deutschlehrer siebzig Jahre alt und das merkte man deutlich.

Praktikum in Organischer Chemie

Als ich mich zur Prüfung in Organischer Chemie anmeldete, erfuhr ich, dass die Anforderungen inzwischen aufgestockt worden waren. Es wurde von Biologen jetzt zusätzlich noch ein Praktikum in Organischer Chemie verlangt. Das hatte mir der Botanikprofessor eingebrockt, weil er meine beiden DDR-Großpraktika nicht anerkannt hatte. Sonst wäre ich ein Jahr früher zur Prüfung gegangen, als das Praktikum noch nicht verlangt wurde.

Nun musste ich mich also zum Praktikum anmelden. Teilneh-mer waren außer mir nur Studenten. In der Anorganischen Chemie wurde nach einem »Kochbuch« für Studierende gear-beitet, ein Rezeptbuch gab es damals in der Organischen Che-mie noch nicht. Unsere Aufgabe war, Präparate herzustellen. Zuerst mussten in der Bibliothek Bücher in englischer Sprache gewälzt werden, um das entsprechende »Kochrezept« für die Herstellung des Präparates herauszusuchen und abzuschreiben. Wer Englisch in der Schule nicht gelernt hatte, konnte also in Stuttgart Organische Chemie nicht studieren. Das Heraussuchen der »Rezepte« nahm schon einige Zeit in Anspruch. Nun kam das nächste Problem. In der DDR hatte ich nur Reagenzglaschemie kennen gelernt, weil in den Ländern, die von der Roten Armee im Krieg besetzt worden waren, Schulen als Herbergen für Sowjetsoldaten gedient hatten, die dann dort Glasgeräte, die für den Unterricht in Organischer Chemie bestimmt waren, mutwillig fast vollständig zertrümmert hatten. Es dauerte dann etliche Jahre bis neue Geräte hergestellt werden konnten, die dann erst den späteren Jahrgängen zur Verfügung standen. Hier war das Institut für Organische Chemie sehr gut ausgestattet, ich staunte, was es dort an Glasgeräten gab, die ich noch nie gesehen hatte.

Leider musste ich viel fragen, das störte natürlich die anderen Studierenden. Der Assistent war unfreundlich, er stand nur kurzfristig zur Verfügung und ich ging ihm wegen meiner vielen Fragen auf den Geist. Er wollte auch nicht außerhalb der Zeit seiner Anwesenheit im Labor gestört werden.

In der DDR hatten wir Biologen im zweiten Semester ein Physikpraktikum zu absolvieren. Ein Assistent war immer anwesend, der Studierenden bei der Handhabung von Geräten behilflich war. Protokolle mussten wir natürlich selber anfertigen. Dort bemühte man sich wenigstens in den Nebenfächern um uns.

An der Technischen Hochschule in Stuttgart war ich die erste Studierende der Biologie, die nach dieser Neuregelung ein Praktikum in Organischer Chemie »durchstehen« musste. Alle

146

älteren Studenten waren ohne dieses Praktikum davongekommen, sie konnten sich freuen. Ich kam um dieses Praktikum einfach nicht herum. Wollte ich dem Praktikum entkommen, hätte ich das Studium schmeißen müssen, aber dann wäre ja alles umsonst gewesen.

Ich blieb im Labor und glaube auch, wenn es mir gelang eine Substanz herzustellen, war sie bestimmt fehlerhaft. Bald hatte ich ein Semester gearbeitet und war nicht fertig geworden. Im nächsten Semester sollte ich dann für die fehlenden Präparate Experimentalvorträge halten. Mit viel Engagement ging ich an die Ausarbeitung, obwohl ich wusste, dass ich für unfähig gehalten würde und eine schlechte Note vom Assistenten für mich bereits feststand. Ich wollte nur mein Studium retten, damit nicht alles umsonst gewesen war.

Bald hatte ich die Vorträge überstanden und bereitete mich auf die mündliche Prüfung vor. Ich wusste natürlich, dass ich gut vorbereitet sein musste.

Als ich dann auf den Weg nach Stuttgart war zur mündlichen Prüfung, hatte ich komischerweise gar keine Befürchtungen, denn schlimmer konnte es gar nicht mehr kommen. In der Prüfung wurden mir vor allem Strukturformeln von Biomolekülen vorgelegt, die ich noch nie gesehen hatte, und ich musste erörtern, wie sich diese Moleküle wohl chemisch verhalten. Das war für mich eine klare Sache. Nach der Prüfung eröffnete mir der Professor, dass ich vom Assistenten eine so miserable Beurteilung bekommen hatte, dass er mit großem Bedenken zu der Prüfung gekommen sei. Er werde mir die Gesamtnote »gut« geben, wegen des Praktikums ziehe er mir aber nur eine Note ab. Ins Zeugnis bekam ich also die Note »gut«. Es hatte sich doch gelohnt nicht aufzugeben.

Prüfung in Botanik

Es fehlte nun nur noch die Botanikprüfung. Dorthin ging ich mit einem mulmigen Gefühl. Denn dieser apl. Professor behandelte Studenten völlig respektlos, wir waren es ja noch nicht einmal wert, dass für uns im Winter die Heizung angestellt wurde. Beschweren konnten wir uns darüber nicht, denn er konnte uns deswegen bestrafen und womöglich durch die Prüfung fallen lassen.

Ich hatte nun einen anderen Namen, war seit zwei Jahren verheiratet und bekam ein Kind, was bereits zu sehen war. Der apl. Professor tadelte mich bereits bei der Begrüßung mit der Bemerkung, dass es sonst doch wohl üblich sei, erst das Studium abzuschließen und dann zu heiraten. Ich dachte nur, das kann ja heiter werden.

Die Prüfung lief nicht schlecht. Als der Prüfer aber erfuhr, dass ich in Zoologie und Organischer Chemie mit »gut« bewertet worden war, entfuhr ihm, dass die Gesamtnote »gut« für mich zu hoch sei, das werde er verhindern. Er werde die Note für die Zulassungsarbeit herabsetzen, weil sie doppelt zählt. Er habe mir leider schon mitgeteilt, dass er sie mit »gut« bewertet hatte, das werde er nun ändern. Dann nahm er einen Zettel, schrieb sich alle meine Noten auf und überlegte, was er mir für die gerade abgelegte mündliche Prüfung geben müsse, damit ein »gut« im Zeugnis verhindert werde. Das war nun nur noch der Gipfel. Er hatte schon die beiden Großpraktika aus der DDR nicht anerkannt, dadurch waren mir zwei Semester verloren gegangen. Deshalb konnte ich erst ein Jahr später zur Abschlussprüfung gehen. Inzwischen wurde nun plötzlich auch noch ein Praktikum in Organischer Chemie verlangt.

Den ganzen Winter über hatte ich in einer ungeheizten Mansarde an einer Zulassungsarbeit gearbeitet - mit blau gefrorenen Händen. Jetzt demütigte er mich noch bei der Notengebung. Ich hatte immer schon den Verdacht gehabt, dass er mich wegen des Studiums in der DDR nicht für voll nahm. Doch dort war nicht alles schlecht gewesen. Der Botanikprofessor in Potsdam war zum Beispiel ein angesehener Wissenschaftler und Hochschullehrer, was man von seinem Kollegen in Stuttgart nun wirklich nicht behaupten konnte. Ich versuchte mich aber gar nicht mehr über ihn aufzuregen.

Fachbereichsprüfung als Diplom anerkannt

Jahre später traf ich in Reutlingen eine frühere Kommilitonin. Sie wusste, dass die Fachbereichsprüfungen inzwischen als Diplom anerkannt worden waren und Betroffene einen Antrag auf Anerkennung an die Technische Hochschule stellen mussten. Das tat ich dann auch und bekam eine Urkunde zugeschickt, die auch den Vermerk hatte, dass ich den Titel Diplombiologe führen dürfe.
Der harte Weg durch das Studium fand nun doch noch einen akzeptablen Abschluss.

Familie und Promotion

Nach dem Studium folgten Familienjahre mit vier Kindern. Als die beiden jüngeren Kinder bereits den Kindergarten besuchten, entschloss ich mich, eine Berufstätigkeit anzustreben. Ein Staatsexamen hatte ich nicht, Schuldienst kam deshalb nicht in Frage. Es blieb nur eine Promotion. Mich zog es an die Universität Hohenheim, an diese kleine feine Universität, die mir so gut gefallen hatte. Voraussetzung für die Zulassung zu einer Promotion waren eine gute Note in Zoologie und das Latinum. Beides konnte ich vorweisen. Am Zoologischen Institut gab es eine Abteilung Endokrinologie, die von einem Nachwuchswissenschaftler geleitet wurde. Ich entschloss mich in Endokrinologie zu promovieren und ging sofort an die Arbeit. Wenn ich im Labor arbeiten wollte, kam immer eine Freundin aus Stuttgart nach Tübingen, sie betreute dann die Kinder. Eine Putzfrau zu finden gelang nicht. Damals herrschte Vollbeschäftigung.

Vormittags war ich oft in der Universitätsbibliothek auf Literatursuche auch wegen der vielen Fernleihen. Um zwölf Uhr musste ich schon wieder zu Hause sein, weil dann die beiden Kindergartenkinder wiederkamen.

In mancher Nacht kam ich nur drei bis vier Stunden zum Schlafen, mir war klar, dass ich Raubbau an der Gesundheit nicht lange durchstehen würde, deshalb bemühte ich mich, möglichst schnell und konzentriert durchzukommen. Das klappte. Nach zwei Jahren und drei Wochen ging ich zur mündlichen Prüfung (Rigorosum). Anschließend wurde mir dann noch mitgeteilt, dass ich mit diesem Ergebnis auch habilitieren könne. Das hatte ich dann aber nicht mehr vor.

Mehrmals wurde mir von Bekannten gesagt, es sei verwunderlich, dass ich das geschafft hätte. Dann antwortete ich, es sei verwunderlich, dass ich das überlebt habe. Mein Glück war, dass ich eine Freundin hatte, die immer kam, wenn ich ins Labor musste, und dass ich einen Internisten zum Schwager hatte, der mir mit Medikamenten half, wenn ich den Stress gar nicht mehr wegbekam.

Referendariat

Lange musste ich danach nicht überlegen, was ich nun beruflich anstreben sollte. Es fehlten Lehrer in naturwissenschaftlichen Fächern. Deshalb war nun das Staatsexamen nicht mehr Voraussetzung für eine Zulassung zum Referendariat, es durfte auch ein Diplom sein. Ich bewarb mich, wurde zugelassen zum Vorbereitungsdienst an einem Mädchengymnasium.

Ich wusste noch nicht, wie die Lehrerausbildung in der Bundesrepublik verläuft. In der DDR hatten während der Ausbildung Hochschulprofessoren das Sagen und nicht Lehrer wie in der Bundesrepublik. Ich hatte noch ein positives Bild von der Lehrerschaft, hatte ich doch selber nur freundliche Lehrer erlebt. Da hatte ich wohl etwas versäumt, was ich nun nachholen musste.

In meiner Ausbildungsschule unterrichteten in Biologie drei schon ältliche Lehrerinnen und eine Referendarin, die gerade ins zweite Ausbildungsjahr kam.
Eine zweite Referendarin begann, genau wie ich auch, ihre Ausbildung. Schon am ersten Tag wurden wir Neuen von der anderen Referendarin in Kenntnis gesetzt, das sich die Lehrerinnen ständig stritten, weil eine von ihnen immer die Beste sein wolle. Die Referendare müssten ständig zusehen, sich klug zwischen ihnen zu bewegen. Wir waren also vorgewarnt. Der Gipfel war dann noch der unpromovierte Fachleiter. Ein Fleißkopf, der an der Universität wissenschaftlich nicht hatte landen können. Fachleiter war ja auch etwas. Zwei der Damen strahlten, wenn er kam, sie versuchten auch fachlich bei ihm aufzufallen.

Bei der Ältesten von den drei Lehrerinnen übernahm ich einige Unterrichtsstunden. Zuvor hospitierte ich bei ihr. Der Unterricht war unstrukturiert und konfus. So würde ich nicht versuchen Schülern etwas beizubringen, also war mir eine schlechte Note sicher. Einige Stunden unterrichtete ich und sollte danach eine Klassenarbeit schreiben lassen. Ich entwarf einen Test, die Lehrerin war mit dem Text einverstanden. Sie sagte mir auch noch, ich solle dasjenige, was richtig ist, rot unterstreichen. Da fragte ich noch einmal nach, ob das Richtige wirklich rot unterstrichen werden sollte. Sie bejahte. Also tat ich es so, wie sie es gesagt hatte. Nachdem ich dann die Tests zurückgegeben hatte, kam ein Schüler zu mir und fragte mich, warum ich nicht das Falsche rot unterstrichen hätte. Da fragte ich, wie es denn die Lehrerin mache, da sagte er, dass sie immer das Falsche rot unterstreiche. Da wusste ich Bescheid. Sie wollte gegen mich punkten. Ich hatte dort sowieso nicht viel zu erwarten, musste aber versuchen durchzukommen.

Anschließend unterrichtete ich bei der Lehrerin, die noch am angenehmsten wirkte. Sie sagte nicht viel zu meinem Unterricht. Welche Noten sie mir gab, verriet sie nie. Viel hatte ich nicht zu erwarten, weil sie nicht viel von mir hielt. Das war an einer ihrer Angewohnheiten mir gegenüber zu merken, die unmöglich war. Kam ich in die Schule zu einem vereinbarten Unterrichtsgespräch, schickte sie mich wieder nach Hause, weil sie nun doch keine Zeit habe. Sie besaß zwar meine Telefonnummer, hatte es aber nicht nötig, mir telefonisch abzusagen. Das kam zwar nicht oft vor, war aber trotzdem unerhört.

Nun wollte ich noch eine Unterrichtseinheit bei der dritten Lehrerin übernehmen. Deshalb wartete ich im Vorbereitungsraum auf ihr Eintreffen. Sie kam dann bald aus dem Unterricht, die ältere Referendarin hatte hospitiert und schob den Gerätewagen. Weil die Lehrerin gerade eine Hohlstunde hatte, teilte sie mir mit, dass sie gerade Bienen unterrichte und informierte mich hoheitsvoll, was ich in der nächsten Stunde zu unterrichten hätte. Anschließend verließ sie den Raum. Die ältere Referendarin war gerade im Raum gewesen, als ich die Instruktionen für den Bienenunterricht erhielt. Sie kam sofort zu mir und warnte mich. Mehrere Stunden hatte sie hospitiert und den gesamten Bienenunterricht der Lehrerin verfolgt. Alles, was ich nun unterrichten sollte, war bereits durchgenommen worden. Sie riet mir, die Unterrichtszusage zurückzunehmen. Wahrscheinlich sollte ich reingelegt werden. Noch am gleichen Tag nahm ich die Unterrichtszusage zurück und wurde deswegen massiv beschimpft. Wahrscheinlich war mir aber etwas viel Unangenehmeres erspart geblieben.

Als Diplombiologin durfte ich Chemie bis zur 10. Klasse unterrichten. Das gefiel dem Chemielehrer, der auch noch Fachleiter war, gar nicht. Er meinte, dass ich als Diplombiologin an Schulen wohl nur Biologie unterrichten solle. Das wäre auch besser, denn in Chemie sei ich nicht richtig ausgebildet, also sollte ich nur zwei kurze Unterrichtseinheiten in anorganischer Chemie ableisten, damit ich mein Soll erfülle. Anorganische Chemie ist nun vor allem Reagenzglaschemie, also war das kein Problem, hatte ich doch ein umfangreiches Praktikum in Anorganischer Chemie zu Beginn meines Studiums in Stuttgart absolviert.

Die ältere Referendarin gab mir ihre Stundenvorbereitungen, sie hatte nach ihnen bereits unterrichtet. Als ich dann nachmittags in der Schule die entsprechenden Versuche vorbereitete, lief der Fachleiter ständig um mich herum und verteilte abfällige Kommentare, obwohl ich mich vollständig an das Manuskript der netten Referendarin hielt. Ich dachte nur: Wenn zwei das Gleiche tun ist es eben nicht das Gleiche. Als ich dann abends nach Hause fuhr, war ich völlig erschöpft.

Bald hatte ich die erste Unterrichtseinheit absolviert und musste immer noch ein paar Stunden Chemie unterrichten. An der Schule gab es damals noch einen jüngeren sehr angenehmen Chemielehrer. Die beiden anderen Referendarinnen unterrichteten nur bei ihm. Nun wollte ich auch nur noch bei seinen Schülern unterrichten, das ging aber im Moment nicht, weil er sonst zu selten in seine Klassen gekommen wäre. Ich sollte noch warten, er käme dann auf mich zu und er hielt Wort.

Den didaktischen Aufbau jeder Unterrichtsstunde hatte ich schon bald von einem erfahrenen Deutschlehrer durchsehen lassen. Er gab mir auch noch manchen guten Tipp. Wenn er dann meinte, dass das Konzept in Ordnung sei und die Unterrichtsstunde auch, wenn sie so wie geplant ablaufe, ging ich beruhigt in den Unterricht.

Biologieunterricht gab ich nun nur noch bei der Lehrerin, die noch am akzeptabelsten war. Kleinkarierte Kritik vom Fachleiter der Biologie, dem Herrn Professor ohne Doktortitel, ließ ich an mir abperlen.

Eine meiner Unterrichtsstunden in Biologie sah sich auch ein Lehrer des Gymnasiums an, der dort für Referendare zuständig war. Er beurteilte meine Stunde mit »gut« und meinte nur, wie ich denn zu all den anderen Noten käme. Dazu sagte ich weiter nichts, ich wollte nicht aus dem Nähkästchen plaudern. Mir war das Referendariat schon nicht mehr wichtig. Zur Abschlussprüfung ging ich, erholte mich aber anschließend noch ein Jahr.

In der DDR wären wohl derartige Vorkommnisse nicht möglich gewesen, weil die Vorbereitung für den Schuldienst während des Fachstudiums stattfand. Und weil nur Hochschulprofessoren während der Schulausbildung das Sagen hatten. Lehramtskandidaten wurden Lehrern nicht schutzlos ausgeliefert. Unterschiede zwischen Staatsexamen und Diplom gab es auch: Zur Prüfung für das Staatsexamen erhielten Prüflinge Themen, sie konnten sich auf ihre Prüfung vorbereiten. Diplomanden bekamen keine Prüfungsthemen, sie konnten sich auf keine der Prüfungen gezielt vorbereiten.

Studienassessorin

Meine Berufstätigkeit als Studienassessorin begann ich an der neueröffneten Gesamtschule in Tübingen. Diese Schule wurde von einem sehr fähigen Oberstudiendirektor geleitet, der auch noch ein hervorragender Mathematiklehrer war. Ich konnte mich in keinster Weise über ihn beklagen. Das Kollegium bestand überwiegend aus freundlichen und engagierten Lehrern.

Lehrer - Weiterbildung

Der Oberstudiendirektor der Gesamtschule Tübingen war dazu gewählt worden, die 74. Hauptversammlung von »Deutscher Verein zur Förderung des mathematischen und naturwissenschaftlichen Unterrichts e.V.« in den Räumen der Universität Tübingen vom 26. bis 31. März 1983 abzuhalten. Mitglied in diesem Verein war ich nicht, wurde aber zur Vorbereitungssitzung eingeladen. Dort wurde natürlich auch über Vortragsthemen diskutiert. Ich hatte das Rahmenthema Biotechnologie vorgeschlagen, damit es nicht zu einem Sammelsurium an Vorträgen kommen kann. Bis jetzt waren immer nur Männer Sprecher für die fünf Fächer Biologie, Chemie, Physik,

Mathematik, Informatik gewesen. Da ich nicht Mitglied in dem Verein war, sondern nur Gast, war ich dann doch sehr erstaunt, dass ich zur Sprecherin für das Fach Biologie gewählt wurde. Nun hatte ich für das Rahmenthema Biotechnologie eine Vortragsreihe zu organisieren.

Mir gelang nach der Hauptversammlung, ein Buch »Biotechnologie« mit allen bei dieser Veranstaltung gehaltenen Vorträgen bei der J.B. Metzlerschen Verlagsanstalt in Stuttgart herauszugeben.

Schreibwettbewerb

Kurz darauf schrieb die Landeszentrale für politische Bildung Baden-Württemberg einen Wettbewerb zur Politischen Bildung für Erwachsene aus. Das Thema war »40 Jahre Bundesrepublik Deutschland«. Erstmals nahm ich an einem Schreibwettbewerb teil. Ich erhielt einen ersten Preis.

Was habe ich gelernt auf diesem Weg durch Kriegs- und Nachkriegszeit?

Sich nicht unterkriegen lassen, niemals aufgeben, dann kann man auch - mit etwas Glück - in schweren Zeiten und ungünstigen Situationen aufrecht überleben.